Rosemary Sutcliff
Lied für eine dunkle Königin

ROSEMARY SUTCLIFF

Lied für eine dunkle Königin

Aus dem Englischen
von Astrid von dem Borne

VERLAG FREIES GEISTESLEBEN

Die Deutsche Bibliothek – CIP-Einheitsaufnahme

Sutcliff, Rosemary: Lied für eine dunkle Königin /
Rosemary Sutcliff. Aus dem Engl. von Astrid
von dem Borne. – Stuttgart:
Verlag Freies Geistesleben, 1996
Einheitssacht.: Song for a dark queen ‹dt.›
ISBN 3-7725-1191-0

Die englische Originalausgabe erschien unter dem Titel
«Song for a Dark Queen»
1978 bei Pelham Books, London

© Copyright 1978 by Anthony Lawton

Für die deutsche Übersetzung:
© 1996 Verlag Freies Geistesleben GmbH, Stuttgart
Einband: Victor Ambrus
Druck: Clausen & Bosse, Leck

Inhalt

Römischer Name	Keltische Bezeichnung	Heutiger Name
Calleva	–	Silchester
Camulodunum	Dun Camulus	Colchester
Deva	–	Chester
Glevum	–	Gloucester
Lindum	–	Lincoln
Londinium	Londinos	London
Mona	Môn	Anglesey
Noviomagus	–	Chichester
Thamesis	Vater der Flüsse	Thames
Venta	–	Caister
Verulamium	–	St. Albans

Kampflied

Ich bin Cadwan, der mit der Harfe. Ich bin der Liedsänger und Geschichtenerzähler. Es gibt, nein, es gab schon immer viele Harfenspieler bei den Icenern; doch ich diene der Königin, meiner Herrin Boudicca, wie schon ihrer Mutter, als ich noch jung war.

Aber das war vor langer Zeit, lange bevor die Rothelme kamen. Es war damals, als die Catuvellauner, welche man auch die Kriegskatzen nennt, noch unsere Feinde waren.

Schon vor fünf Lebensaltern folgten die Catuvellauner Cäsars Spuren.

Seitdem erhoben sie immer wieder ihre Speere gegen die Rothelme, welche nach Cäsar kamen und sich dann in Hast wieder über das Große Wasser zurückzogen. Die Namen ihrer Könige – Cassivellaunus, Tasciovanus und Cunobelin – benützten die Frauen, um damit ungezogenen Kindern Angst einzujagen. Viele Stämme haben die Catuvellauner besiegt. Als Cunobelin vor weniger als einem Lebensalter gerade König war, überrannte er die Trinovantes, deren Gebiet im Süden an das unsere grenzt. An der Stelle, wo sie ihre alte Festung Dun Camulus gehabt hatten, welche dem Kriegsgott geweiht war, errichtete er eine neue. Das war weniger als eine Tagesreise von uns entfernt.

Seit ich denken kann, haben wir immer gewußt, daß eines Tages wir an die Reihe kämen. Oft beteten wir zum Kriegsgott, daß unsere Speere stärker als die ihren sein möchten, wenn es soweit wäre. Wir beobachteten unsere Grenzen und bauten hohe Graswälle an den Stellen, wo das Moorland und die Wälder uns keinen Schutz vor Angriffen boten. Jetzt gebrauchten die Frauen auch noch die Namen der beiden Söhne Cunobelins, um ungezogene Kinder zu erschrecken, obwohl die selber noch ganz junge Burschen waren. Sie drohten: «Paß nur auf, wenn Togodumnos dich erwischt!» Und: «Wenn du das noch einmal machst, schleicht sich Caratacus in einer dunklen Nacht plötzlich herein und reißt dich aus dem Bett!»

Ständig war entlang unserer Grenzlinien Unruhe; immer wieder flackerten bei Vollmond Gefechte und Plänkeleien wegen Sklaven- oder Viehraubs auf. Eines Tages, es war zur Zeit der Weißdornblüte, als meine Herrin Boudicca sechs Jahre zählte, war der König, ihr Vater, mit dem gesamten Hofstaat zu seinem Sommersitz geritten. Das tat er oft in dieser Jahreszeit, um zu sehen, wie sich die Fohlen auf den südlichen Weiden machten. Kurz vor Morgengrauen kam ein Reiter auf schweißnassem Pferd herangestürmt. Er brachte die Nachricht, daß sich auf unserem Gebiet Räuber befänden. Sie trieben sich ungehindert auf dem Weideland zwischen Wald und Moor herum. Da erwachten der König und seine Waffengefährten und riefen nach Speer und Pferd. Fackeln flammten auf, und man hörte das Stampfen der Schlachtpferde, die aus den Ställen geführt wurden. Gellende Hörner riefen die Männer aus der Umgegend zum Kampf. Es war geradeso, wie ich es ein ums andere Mal erlebt habe.

Aber kaum war der König mit seiner Truppe, begleitet vom Ruf der Marschlandvögel, im grünschimmernden

8

Licht der Morgendämmerung verschwunden, trat wieder Ruhe ein. Aus dem Dunkel der Hecken rings um den königlichen Hof leuchteten die milchigen Weißdornblüten. Da entdeckte man plötzlich, daß meine Herrin Boudicca nicht mehr in ihrem Bett im Frauenhaus lag.

Gleich erhob sich neuer Lärm. Vielleicht wäre die Aufregung nicht so groß gewesen, wenn die Königin, ihre Mutter, noch gelebt hätte. Aber Rhun, das Kindermädchen, benahm sich immer wie eine Henne, über deren Küken ein Habicht kreist. Das beobachtete ich übrigens öfter bei Frauen, die ein Kind aufziehen, das eine andere geboren hat, und die kein eigenes haben. Und bald herrschte bei allen Frauen Aufruhr, planloses Hin und Her, Rufen und Schreien: «Boudicca! Boudicca!! – Komm aus deinem Versteck, ich kann dich sehen! – Zeig dich, du Kind der Dunkelheit! Wo bist du, kleines Vögelchen?» Die Sklaven wurden hierhin und dorthin geschickt, um nachzuschauen; in den Fohlengehegen, am Rand der Eichenwälder, in jedem Wasserloch im Moor mußten sie suchen, es hätte ja sein können, daß sie ertrunken zwischen dem Schilf trieb.

Ich wußte es besser. Ich steckte meine Harfe in den Sack aus besticktem Stutenleder. Kein Harfenspieler, der seinen Namen zu Recht trägt, trennt sich freiwillig von seinem Instrument. Er läßt es auch nie aus den Augen, keine fremde, wenn auch noch so freundliche Hand darf seiner Harfe zu nahe kommen. Ich schlug die Richtung ein, wo der König mit seinem Gefolge verschwunden war.

Der Weg führte zwischen dem salzhaltigen Marschland über saftige Weiden, durch die lohfarbenen, vom Wind verformten Eichenwälder, welche die Ausläufer des dunklen Waldes landeinwärts bilden.

9

Dreimal fragte ich Pferdehirten, ob sie ein kleines Mädchen gesehen hätten. Die beiden ersten hatten nichts bemerkt, seit die Truppe im Morgengrauen vorübergezogen war. Doch der dritte Mann sagte: «Vor einer ganzen Weile. Sie triefte von Schlamm und Wasser, als wäre sie in einen Bach gefallen.»

Ich fragte: «Und du bist nicht auf den Gedanken gekommen, sie aufzuhalten?»

Er kratzte sich am Ohr: «Nein. Ich hab' gedacht, daß sie aus einem Dorf hier kommt. Die kannte ihren Weg.»

«Das muß sie gewesen sein», sagte ich und eilte weiter.

Viele Bäche, an deren Ufern Pappeln und Weiden stehen, winden sich durch die Pferdeweiden. Doch dann fließen sie ins Landesinnere, und ich mochte nicht daran denken, was geschehen könnte, wenn Boudicca erst einmal bei den Bäumen wäre. Der Wald ist recht für eine Jagdgesellschaft, die den Weg kennt, aber doch nicht für ein kleines Mädchen, das allein ist. Deshalb lief ich so schnell es ging weiter. Aber unterwegs mußte ich ja immer wieder nach ihr suchen. So stand die Sonne schon weit im Westen, als ich Boudicca schließlich nicht weit vom Waldrand fand. Sie saß zwischen den Wurzeln eines alten Weidenbaums, neben einem dieser träge dahingleitenden Bäche, die die ganze Gegend wie Adern durchziehen. Mit ihrer bewegten Helligkeit und den Wasserlöchern, die den Himmel widerspiegeln, beleben sie die ganze Landschaft. Da hockte sie ganz verloren, wie eine flügge kleine Drossel, die aus dem Nest gefallen ist.

Sie war gelaufen, bis sie nicht mehr konnte. Sie blutete an einem Fuß, und ihr Haar war schlammverklebt; in ihrem Gesicht war der Dreck zu einer Maske erstarrt, nur da nicht, wo die Tränen eine Spur gezogen hatten. Zuerst dachte ich, sie schliefe. Aber als ich näher kam, drehte sie sich mir zu und zeigte die Zähne wie ein kleines wildes Wesen, das Gefahr wittert. Als sie mich erkannte, entspannte sie sich mit einem kleinen Seufzer. Ich kniete neben ihr nieder und sah, daß die Tränenspuren noch feucht waren.

«Du bist aber weit weg von zu Hause», redete ich behutsam auf sie ein, «und obendrein bist du auch noch am Fuß verwundet.»

Boudicca sprach: «Sie wollten mich nicht mitnehmen. Mein Vater sagt immer noch, daß ich zu klein bin. Aber ich habe gedacht, daß ich diesmal dabeisein dürfte, ich bin doch fast sieben.»

«Und deshalb bist du ihnen nachgegangen ...»

«Ich hab' gedacht, wenn ich ihnen den ganzen Weg folge, schicken sie mich nicht allein zurück.»

«Aber sie sind auf ihren Schlachtpferden so schnell wie der Wind davongeritten, nicht wahr? Und du hast dir die Füße wund gelaufen», sagte ich. «Einer blutet sogar. Ich werde ihn hier im Bach baden, und dann gehen wir für dieses Mal nach Hause. Wahrlich, die Welt ist voller Gram.»

Sie hob den Kopf und blickte mich an. Stolz sah sie aus, wie ein Tapferer in seiner ersten Kriegsbemalung, noch eine Träne ließ sie bis in ihren Mund laufen, anstatt sie wegzuwischen.

«Ich weine nicht», sagte sie.

«Aber sicher nicht. Das kommt vom Wind.»

«Ich weine nie. Ich bin die Königstochter der Icener. Ich werde einmal Königin.»

Ich setzte sie ans Ufer. Das Wasser war von den Sonnenstrahlen und den Schatten der Weidenblätter gesprenkelt. Vorsichtig wusch ich ihren Fuß. «Ich werde dir weh tun», sprach ich, «aber das macht dir nichts aus, nicht wahr?»

Sie schüttelte den Kopf und blickte zu mir auf, und ich sah, ihr Kummer hatte etwas nachgelassen: ein bißchen jedenfalls.

«Und jetzt gehen wir nach Hause. Paß auf, ich trage dich; und damit dir der Weg nicht so lang wird, mache ich ein Lied für dich.»

«Mach mir ein Schwert», forderte sie. «Old Nurse hat mir eins aus zwei Stöcken gemacht, aber sie hat es mit Wollfäden zusammengebunden, und es ist zerbrochen. Mach mir ein Schwert, und dann gehen wir heim.»

Ich dachte an das aufgeregte Gerenne und Rufen zu Hause und daran, daß die Suchenden ihre Kreise weiter und immer weiter zogen. Aber dann meinte ich, es würde sicher keinen großen Schaden anrichten, wenn sie die Kreise noch ein wenig ausdehnten. Es würde ja nicht lange dauern. Ich war mit meinen Händen schon immer genauso geschickt, wie ich ein guter Harfenspieler bin. Mit meinem Dolch schnitzte ich ihr aus einem dicken, weißen Weidenstock ein Schwert. Ein kurzes Stück legte ich kreuzweise darüber, damit sich der Griff von der Klinge unterschied. Aber womit sollte ich es zusammenbinden? Es durfte nicht gleich wieder zerbrechen wie das von Rhun. Ich nahm den Harfensack von der Schulter und zog eine übrige Saite aus rotem Pferdehaar heraus, es war die dickste, die den tiefsten Ton angibt. Es ist schwer, gute Saiten zu bekommen, aber diese war ziemlich stark. Boudicca beobachtete mich, ihr Kinn ruhte fast auf meinem Arm, als ich ein Stück in der benötigten Länge abschnitt. «Siehst du», sagte ich, «ich binde dein Schwert mit einer Harfensaite, so wird es nie zerbrechen. Gib mir noch drei Haare von dir, dann ist es ganz so wie das Schwert deines Vaters, dessen Griff mit Goldarbeiten verziert ist.»

Sie riß sich drei Haare aus und gab sie mir. Ich tauchte sie ins Wasser, um den Schmutz abzuwaschen, und verflocht sie mit der Saite, band ihr Schwert zusammen und reichte es ihr.

Sie schaute es an und seufzte. Sie hatte ja gewußt, daß es nur ein Spielzeugschwert sein konnte; trotzdem hatte sie sich im Grunde ihres Herzens mehr erhofft. Sie sprach: «Eines Tages werde ich ein echtes Schwert haben», und fügte hinzu: «Jetzt könntest du für mich ein richtiges Lied machen.»

Sie wurde langsam müde.

«Aber gewiß mache ich jetzt für dich ein richtiges Lied», erwiderte ich. Ich hob sie hoch und wickelte sie in meinen Mantel, denn vom Marschland her wehte mit einmal ein leichter Wind und ein silbriger Schleier trübte die sich gen Westen neigende Sonne. Und ich machte mich auf den Weg, den wir gekommen waren. «Ich denke mir jetzt ein Lied aus, wie ich es dir für den Heimweg versprochen habe. Und wenn du eines Tages ein so großes Schwert hast wie der König, dein Vater, mache ich für dich ein großes Lied über die Siege einer Königin. Aber jetzt kommt ein kleiner Gesang, der zu deinem kleinen Schwert paßt.»

Und während wir dahingingen, gab ich die Worte so wieder, wie sie mir in den Sinn kamen:

13

Hör gut zu, denn es ist dein Schwert, das singt:
‹Ich bin das stolze, ich bin das Schwert der Königin.
Nicht heller strahlt die Sonne als mein Griff,
Die Nacht kann meiner Klinge dunklen Glanz nicht übertreffen.
Die Erde wird zittern unter unserm Tritt;
Sie und ich, wir werden den Feind vertreiben.›
Doch jetzt schwindet das Licht,
Und die Wildenten ziehen mit schwerem Flügelschlag nach Haus,
Und der Schlaf fällt wie Tau vom schweigenden Himmel.
Schlaf jetzt, sagt dein Schwert,
Laß uns schlafen, du und ich.

Als ich endete, lastete ihr Kopf immer schwerer an meiner Schulter.

So trug ich sie nach Hause, wo sich alle benahmen wie ein aufgeregter Ameisenhaufen. Am stärksten ist mir aber in Erinnerung, wie Rhun, die Kinderfrau, mir mit einem schneeweißen Gesicht entgegengerannt kam. Sie sah aus, als hätte sie hundert Jahre nicht geschlafen. Ich legte ihr Boudicca in die Arme, die auch im Schlaf noch das Spielzeugschwert, welches ich ihr gemacht hatte, an sich drückte.

«Hier ist sie», sagte ich, «sie war der Truppe nachgelaufen. Paß nächstes Mal besser auf sie auf.»

Ein Fohlen zum Einreiten

Ich habe es nicht vergessen. Obwohl es mehr als fünfundzwanzig Sommer her ist, habe ich das Versprechen an Boudicca nicht vergessen, die Siege einer Königin in einem großen Lied zu besingen.

Es ist alles da, ich habe alles im Kopf, was dazu gehören sollte. Da sind einmal die Dinge, die ich mit eigenen Augen und Ohren wahrgenommen habe, dann ist es das, was mir von anderen berichtet wurde, und schließlich dasjenige, worüber mir mein Inneres sagt, daß es so oder so gewesen sein muß. Es sind all die Ereignisse, die sich zu einem Lebensbild zusammenfügen, zum Lebenslied von Boudicca, der Königin der Icener.

Wie würde ich dieses Lied beginnen?

Zuerst würde ich vom Königssaal inmitten der Festung singen, in dem die Feuer den ganzen Raum entlang brennen, und von dem gepflasterten Boden dazwischen, wo die Frauen zur Erntezeit den Korntanz aufführen. Von den Kriegern, die sich zum abendlichen Feiern zusammenfinden und dabei die Waffen hinter sich legen. Und ich sehe alles vor mir: Von den riesigen Dachbalken, die der Feuerschein kaum erreichte, grinsten die rot und ockergelb bemalten Schädel früherer Feinde. Das Gelächter und die Harfenmusik schwirrten umher wie die Funken eines Feuers, das der Wind durcheinanderbläst. Die Frauenge-

15

mächer befanden sich hinter der Halle. Dort wirkten die Frauen auf dem Webstuhl scharlachfarbene Gewänder und Purpurkleider. Manchmal riefen sie mich zu sich, damit ich für sie spielte, während sie dasaßen und ihr Haar kämmten.

Dort wurde während einer Nacht im königlichen Gemach, auf der Bettstatt, die mit grün-, rot- und blaubestickten Gänsefederkissen dick gepolstert war, meine Herrin Boudicca geboren. Die Luft war vom Duft nach Heu und Holunderblüten erfüllt, und über dem Marschland brütete ein Gewitter.

Ich hörte den ersten Schrei, denn ich hockte im Nebeneingang, der zum Wagenhof führte; meine Harfe lag stumm auf meinen Knien.

Eine Frau aus der Verwandtschaft trat zu mir und sagte: «Bist du noch immer da, alter Wachhund? Die Königin hat ihrem Herrn eine königliche Tochter geboren, so bleibt die Linie bestehen.»

Wir sind nämlich ein altes Volk, bei uns überträgt sich die Königswürde nicht vom Vater auf den Sohn, sondern von der Mondseite her, welche die Frauenseite ist; und der König bekommt seine Würde nur deshalb, weil sein Schwert stark und er der Mann der Königin ist.

So erfuhr ich es als erster, noch bevor die Priester auf den geheiligten Ochsenhörnern den Mondruf bliesen, der von anderen aufgenommen und vom einen Ende des Landes zum anderen weitergegeben wird. Er verkündet dem Volk des Pferdes, wie wir uns nennen, daß eine neue Königstochter geboren ist, die das Leben des Stammes fortsetzen wird.

Ich nahm meine Harfe, ging eine Zeitlang unter den halbwilden Bäumen des Apfelgartens hin und her und erdachte ein kleines Gesangstück, gerade für mich und die Sterne.

Ich sang von den Pferdeherden, die auf den weiten Wiesen zwischen dem Wald und dem Marschland grasen, von den Hengsten mit ihrem stolzgewölbten Hals, von den langbeinigen Zweijährigen, von den gut abgerichteten Wagenpferden und den trächtigen Stuten. Von dem weitgespannten Sonnenuntergang über dem Marschland, den die schilfumstandenen Seen und die sich windenden Flüßchen auffangen und widerspiegeln, bis Himmel und Erde in Flammen zu stehen scheinen. Ich sang von den Wildgänsen, die in den Herbstnächten vom Norden her vorüberfliegen. Und von der dichten, nach frischem Grün duftenden Dunkelheit, die im Hochsommer von den Waldrändern herüberweht, wenn der Ruf des Kuckucks nachläßt. Auch von dem sich zu drehen scheinenden rotemaillierten Muster auf der bronzenen Vorderseite des Schutzschildes – ich hatte gesehen, wie sie daran entlangfuhr, als suche sie ein Geheimnis zu entschlüsseln.

Von all dem drängte es mich zu singen, denn es schien mir, daß jedes dieser Dinge etwas zum Werden meiner Herrin Boudicca beigetragen hat.

Als Boudicca vier Jahre alt war, ging ihre Mutter in die Gefilde jenseits des Sonnenuntergangs und nahm den Siebenmonatsknaben mit sich, der in der diesseitigen Welt keinen einzigen Atemzug getan hatte.

So sang ich vom Totenfeuer der Königin, und als es erkaltet war, davon, daß das Volk des Pferdes zwar keine Herrscherin mehr hatte, aber eine Tochter königlichen Geblüts, die die Königinnenwürde in sich trug wie ein Saatkorn, das an einem künftigen Tag zur Ernte führt.

Mit vier Jahren ist man für langes Trauern noch zu jung. Deshalb war Boudicca, nachdem sie eine Weile geweint hatte, wieder vergnügt. Wann immer sie den Frauen entwischen konnte, hing sie wie ein junges Hündchen ihrem Vater an den Fersen, wenn sie nicht mir hinterhertrabte.

Jahr um Jahr ging vorüber. Die Wildgänse flohen in Schwärmen vor den Herbststürmen, im Sommer warfen die Stuten ihre Fohlen. Wir beobachteten nach wie vor unsere Grenzen im Süden und Westen und achteten darauf, daß die Schwerter griffbereit in der Scheide hingen.

Schließlich kam das Jahr, als Boudicca dreizehn Sommer zählte. Damit war es an der Zeit, einen Eheherrn für sie zu wählen, der das Schwert des alten Königs übernehmen würde, wenn dieser es dereinst weglegen müßte.

Als die Ernte vorüber war, rief der König die Eichenpriester aus ihren heiligen Lichtungen im Wald herbei und ließ die Häuptlinge und Edlen des Stammes zu den Wahlfeierlichkeiten rufen. Darunter waren auch die Anführer der Parisi. Das waren Wagenkämpfer, die sich im Norden von uns an der Küste angesiedelt hatten. Durch Blutsbande waren sie mit uns verwandt, so daß wir beinahe als ein Volk galten. Beinahe, aber nicht ganz.

Die Häuptlinge und Edlen versammelten sich. Es waren zu viele für die Gästehütten, zu viele auch, als daß alle Platz in der Festhalle gehabt hätten. Deshalb wurden auf dem Weidegrund unterhalb des königlichen Dorfes die schwarzen Zelte aus Pferdeleder aufgestellt. Im Vorhof der königlichen Festung zündete man große Feuer an. Wir nannten ihn den Waffenhof, wegen des hohen schwarzen Steins, der

dort in der Mitte stand und an dem die Kämpfer zu Kriegs-
zeiten ihre Waffen schärften.

Das Feiern dauerte drei Tage und drei Nächte bis in die
Morgendämmerung hinein. Der König, die Häuptlinge
und die Priester hielten Rat. Boudicca aber und die Frauen
des Stammes blieben davon ausgeschlossen und weilten in
den Frauengemächern.

Am ersten Morgen der Wahlfeierlichkeiten opferte der
König Epona, der Herrin über die Pferdeherden, der Allmutter, ohne die es weder Kinder für den Stamm noch
Fohlen für die Herde, noch Gerste für die Felder gibt,
einen jungen schwarzen Hengst.

Am ersten Abend wurde das frisch abgezogene Fell in-
mitten des Apfelgartens ausgebreitet, und Merddyn, das
Oberhaupt der Eichenpriesterschaft, legte sich darauf zum
Schlaf des Auserwählens nieder. So sollte ihm Epona im
Traum erscheinen und ihm ihre Weisheit mitteilen, die er
dann am Beratungsfeuer weitergeben würde.

Am dritten Abend des Festes war die Wahl getroffen. Es
schien mir, als schwebte sie eine Zeitlang wie ein Frage-
zeichen über manchem einzelnen der tapferen jungen
Krieger des Stammes, bis sie schließlich auf einen fiel:
Prasutagus, Sohn des Dumnorix, der mütterlicherseits
von den Icenern abstammte, sein Vater aber war ein
Häuptling der Parisi.

Drei volle Tage hatte die Wahl gedauert. Dennoch erhob
sich ein Grollen und Murren über diese Entscheidung.
Denn nie zuvor waren wir einem König gefolgt, der nicht
ganz einer aus dem Pferdevolk gewesen wäre; und nicht
alle billigten diese Neuerung.

Auch viele der Frauen nicht.

Mittags, als die Häuptlinge und Edlen schon aufgebrochen waren, ging ich im Apfelgarten auf und ab. Es kam mir ein neues Lied, und dabei muß ich mich immer bewegen.

Da trat Boudicca zwischen den windzerzausten Bäumen hervor, ihre hochgeschürzten Röcke wurden von einem Gürtel zusammengehalten. In der Hand hielt sie ein paar Wurfspeere, sie sah aus, als käme sie direkt vom Übungsplatz.

Wir gehören nicht zu den Volksstämmen, deren Frauen in jedem Falle mit in den Krieg ziehen. Nur in höchster Not folgen sie uns auf dem Kriegspfad, und wir spannen die Stuten vor die Wagen. Aber wir haben unsere Stuten an das Geschirr gewöhnt, und unsere Frauen lernen, mit dem Speer umzugehen, für den Fall, daß es notwendig werden könnte.

«Ich hörte deine Harfe», sagte sie, «deshalb bin ich hier.»

Ich brauchte nicht zu fragen, warum. Seit dem Tag mit dem Weidenschwert war sie lieber zu mir gekommen, wenn sie Kummer hatte, statt zu Rhun, ihrer Kinderfrau, zu gehen.

Am Ende des Gartens gab es einen alten Baum, der halb im Grase lag, aber zwischen seinen grauen, vom Wind zerfledderten Blättern, schimmerten kleine, harte Äpfel hervor, die schon rotgelb waren. Sie setzte sich auf den schräggeneigten Stamm, und ich ließ mich zu ihren Füßen im Gras nieder. Ich schaute sie an und wartete darauf, daß sie mir erzählte, was ihr auf dem Herzen lag, sobald sie dazu bereit wäre.

Ich dachte an das Wahlfest, und plötzlich erfüllte mich schmerzlich der Gedanke an etwas Verlorenes. Ich hatte kein Kind mehr vor mir, trotz der kleinen weißen Narbe an ihrer Schläfe, die von einem Sturz vom Baum herrührte, als sie zehn gewesen. Sie war groß, größer als viele Jungen ihres Alters. Und jetzt hatte sie die Haltung einer Königin, hocherhoben hielt sie ihr Haupt, als trüge sie schon den Mondkopfschmuck. Ihr kräftiges Haar stand von ihrem Kopf ab, als habe es ein Eigenleben. Es war goldgelb wie die Blätter der Birke im Herbst. Ich dachte, daß sie es bald nach Art der Frauen würde flechten müssen. Ihre Augen unter den geschwungenen, goldgefiederten Brauen schienen von dunklerem Blau als sonst, ähnlich dem Salzmarschland, das sich verdüstert, wenn ein Wolkenschatten darübergleitet. Schon einmal hatte ich gesehen, wie sich ihr Blick verdunkelte; ich hatte sie oft genug in Wut erlebt. Aber das dauerte nie lange, meistens endete es in Lachen. Doch als ich sie dieses Mal ansah, schien etwas anderes als Ärger darin zu sein, und das würde nicht so bald und nicht so leicht aufhören. Von Herzen hoffte ich, Prasutagus würde damit umgehen können, sicher könnte das sonst keiner.

Lange saß sie da, mit den Speeren in ihrer Armbeuge, und starrte zwischen die Apfelbäume. So lange, daß ich schon dachte, sie hätte mich vergessen. Schließlich sagte sie: «Man hat bereits nach Prasutagus geschickt.»

«Es war zu erwarten, daß sie das gleich nach den Wahlfeierlichkeiten tun würden», erwiderte ich. «So ist es Brauch.»

«Er ist wie ein ungezähmtes Fohlen. Wie eins der Tiere, die unsere Pferdemeister in ihrem zweiten Winter einreiten. Er muß für das Königsein erst zugerichtet werden, und woher soll man in dieser Welt sicher wissen, wie viel oder wie wenig Zeit dazu bleibt?»

«Es braucht keine Eile», wiederholte sie noch einmal, als klammerte sie sich an diese Worte wie an einen Talisman oder eine Waffe. «Ich hasse alle! Mein Vater, der König, ist noch jung, und sein Kampfarm ist noch stark!»

Es lag mir auf der Zunge zu sagen: «Sicher. Und schon morgen kann es sein, daß er zur Jagd geht und auf einer Bahre zurückkehrt.» Statt dessen aber bemerkte ich: «Dieser Prasutagus ist siebzehn und damit schon zwei Jahre über das Alter der Mannbarkeit hinaus. Wenn er auf ein neues Leben vorbereitet werden soll, dann je eher desto besser. Denke du daran, daß das nicht leicht sein wird für ihn; bestimmt nicht leichter als für die Fohlen, die aus der Freiheit, ihren Weidegründen, geholt und daran gewöhnt werden, unterm Wagenjoch zu gehen.»

Sie fragte: «Warum sollte es für ihn einfach sein? Für mich wird es auch nicht leicht, mit einem Mann vermählt zu werden, den ich nie zuvor gesehen habe.»

«Du wirst ihn noch gut genug kennenlernen, lange, bevor die Frauen für dich das Brautkleid nähen.»

Aber sie hörte gar nicht hin: «Warum muß es ein Fremder sein? Weshalb nicht Vadrex oder Cassal?»

«Schlägt dein Herz für Vadrex oder Cassal? Ich hörte dich sagen, daß Vadrex nur Flaum hat, wo sein Bart sein sollte.»

Darüber lachte sie, aber das Lachen erstarb sogleich in ihrer Kehle. Nach einer Weile sagte sie: «Nein. Aber sie sind wenigstens keine Fremden. Weshalb mußte man auch einen Mann von den Parisi auswählen?»

«Du stellst so viele Fragen», erwiderte ich, «mir schwirrt der Kopf.» Ich versuchte weiterhin, einen leichten Ton anzuschlagen: «Die Parisi sind große Krieger.»

«Wir auch.»

«Aber die Catuvellauner sind es ebenso, und die rücken immer näher an unsere Grenzen. Vielleicht kommt der Tag, an dem es gut ist für die Icener, daß sie durch Heirat mit den Parisi verbündet sind.»

Wieder schwieg sie, lange. Schließlich sagte sie kaum hörbar: «Sicher muß ich einmal einen Eheherrn nehmen, damit im Krieg ein Führer für das Volk da ist und auch wieder eine Königstochter, die die Linie des Stammes sichert. Aber jetzt noch nicht. Ich will ihn jetzt noch nicht nehmen! Ich würde mein Schwert nachts unter die Bettdecke legen, wie es die tapferen jungen Krieger tun, und damit noch meine Freiheit behalten. Und wenn sich die Catuvellauner gegen uns richten, und mein Vater ist nicht da, um das Heer anzuführen, werde ich selbst es tun. Es wäre nicht das erste Mal, daß das Pferdevolk einer Frau auf dem Kriegspfad folgt, und die braucht keinen Prinzen der Parisi, der ihr die Waffen trägt!»

Jetzt endlich löste sie ihren Blick von den Apfelbäumen im Hintergrund und schaute auf mich herunter: «Cadwan, mein Harfenspieler, erinnerst du dich an dein Versprechen, ich würde eines Tages ein so großes Schwert haben wie mein Vater und du würdest für mich ein großes Lied ersinnen, das von den Siegen einer Königin handelt?»

«Ich weiß, damals machte ich dir ein Spielzeugschwert aus Weidenholz, und ein kleines, lächerliches Liedchen dazu.»

«Das Schwert habe ich immer noch, und an das Lied erinnere ich mich auch. Weißt du, wie oft ich darum bettelte, daß du es mir vorträgst, als ich noch ein Kind war, obwohl ich es schon auswendig kannte? Trotzdem aber möchte ich eines Tages das große Lied haben, das du mir versprochen hast.»

Ich sagte: «Eines Tages.»

«Und das Schwert auch.»

Im langen Gras erhob sich ein schwacher, kalter Wind, und einen Moment schien es, als fiele ein Schatten zwischen uns und die Sonne.

Der Brautbecher

Fünf Tage darauf hielt Prasutagus in der königlichen
Festung Einzug. Vom Turm sahen die Wächter eine Staubwolke und mittendrin einen dunklen Punkt, der sich ver-
größerte und sich als ein Wagen entpuppte, der nach römischer Art von vier Pferden gezogen wurde. Das letzte
Stück legte er in vollem Galopp zurück, die Begleiter und
die Lasttiere, die ihm folgten, ließ er weit hinter sich. Aber
am Fuß des Abhangs, wo der Weg beginnt, sich nach oben
durch das königliche Dorf zu schlängeln, zügelte der Lenker die Rosse. Und schließlich fuhr er nicht, wie es die
meisten jungen Männer tun, im Lärm donnernder Hufe
und polternder, eisenbeschlagener Räder und mit hoch-
aufwirbelnden Erdklumpen durch das Tor, sondern in
gemäßigtem Tempo.

Obwohl sein Wagenlenker neben ihm stand, hielt Prasutagus die Zügel. Später erfuhr ich, daß er am liebsten selbst
das Gespann leitete, was für seine Wagenlenker oft nicht
leicht zu ertragen war, und es steht außer Frage, daß er mit
Pferden so gut wie jeder andere Mann umgehen konnte.

Neben dem Waffenstein hielt er an, warf die Zügel dem
Wagenlenker zu, und noch bevor die Räder richtig zum
Stehen gekommen waren, sprang er ab und ging auf den
König zu, der ihn im Eingang zur Festhalle erwartete. Und
als er näher trat, sprang ein Paar gescheckter Wolfshunde,

wie ich schönere nie gesehen hatte, hinter dem Wagen hervor und folgte ihm auf den Fersen.

So sahen alle Versammelten Prasutagus von den Parisi, der zu Boudiccas Ehegemahl und unserem nächsten König auserwählt war, zum ersten Mal.

Er war klein, aber kräftig gebaut. Die Schultern unter dem blauen und rotgoldenen Mantel waren breiter als gewöhnlich bei jungen Männern gleichen Alters. Mit siebzehn hatte er schon die Statur eines Mannes. Sein Haar war von dunklem, wildem Rot, es glänzte genauso metallisch-golden wie das Fell eines rotbraunen Pferdes im Sonnenlicht. Seine Augen blickten finster drein, sein Mund war breit, und, so meinte ich, ans Lachen gewöhnt. Er hatte das Gesicht eines Kämpfers, aber auch eines Denkers. Bald würde er ein Ratsherr und Krieger sein. Ich dachte: «Die Götter mögen es geben, daß seine Ratsversammlungen unter einem guten Stern stehen.»

Er stand vor dem König und erhob den Speer zum Gruß.

«Mein Herr König, Ihr habt nach mir gesandt, und hier bin ich.»

«Sei willkommen», erwiderte dieser. «Du weißt, weshalb ich dich holen ließ?»

«Ich kenne den Grund.»

«Und bist du von ganzem Herzen bereit, dem Ruf zu folgen und den Weg zu gehen, der vor dir liegt?»

Ich dachte bei mir, wie oft wohl schon diese rituellen Fragen gestellt und beantwortet wurden, seitdem das Volk der Icener besteht. Plötzlich kam mir in den Sinn, was die Priester tun würden, wenn der Gewählte die Berufung ablehnte. Das war ein dummer Gedanke, der Sonne fällt es auch nicht auf einmal ein, im Westen aufzugehen. Die Dinge sind, wie sie sind.

Prasutagus antwortete: «Aus ganzem Herzen will ich.»

Er sprach jetzt etwas rascher, nicht wie jemand, der dem Ritual gemäß antwortet, sondern wie einer, der aus eigenem Entschluß spricht. Dabei wanderte sein Blick vom König dorthin, wo Boudicca gerade, umgeben von jungen Mädchen, aus der Festhalle ihres Vaters trat, mit dem Gästebecher in der Hand.

Oh, und es lohnte sich wahrlich, sie anzuschauen. Ihre ganze Gestalt schien in Gold gehüllt, sie trug ihr bestes Gewand aus safranfarbener Wolle, ihr geflochtenes Haar glänzte, der goldene Reif der Königstochter umspielte ihren Hals: «Trink», sprach sie, «und sei willkommen.»

Aber sie zeigte deutlich, daß sie diese Worte nur sagte, weil es das Ritual gebot.

Er nahm den Becher aus ihren Händen entgegen und trank. Über den Rand blickten sie einander an, ihre Augen waren fast auf gleicher Höhe. Ich erwähnte ja schon, daß sie groß war für ihr Alter. Ich sah, daß sie es wußte und daß sie versuchte, sich sogar noch größer zu machen – und daß auch er es bemerkte. Tiefe Röte huschte jäh über seine Wangen, als er ihr den Becher zurückgab.

Die Annäherung zwischen den beiden würde nicht leicht sein.

Aber es hat Zeit, dachte ich, sie haben genug Zeit, um zueinander zu wachsen, wenn die Götter wohlgesinnt sind.

Zwei Jahre blieben ihnen. Zwei Jahre und ein bißchen darüber hinaus. Noch war Boudicca die Königstochter, die in den Frauengemächern lebte, und Prasutagus hatte seinen Platz bei den jungen Helden am Hof. Nachts schlief er mit ihnen zusammen auf dem Dachboden über der Halle, und er lernte die Sitten der Icener und die Aufgaben des Königs kennen.

Dann nahte der Tag des Vermählungsfestes. Merddyn und seine Priesterschar zeichneten bei Tage eigenartige Muster in den rotgelben Sand. Des Nachts beobachteten sie die kreisenden Gestirne und wählten einen Tag kurz vor Samhein, dem Fest des Vieheintreibens, wenn die Herden von den entlegenen Weiden zusammengeholt und in der Nähe zum Schutz vor den Winterstürmen eingepfercht werden. Es ist auch die Zeit, da die Seelen der Toten zu ihren heimatlichen Feuerstellen heimkehren.

Nun begann ein ständiges Kommen und Gehen von Händlern, Waffenschmieden und Juwelieren, wie immer, wenn ein großes Hochzeitsfest bevorsteht. Denn der König mußte dem Mann, der seine Tochter heiratete, neun feine Waffen schenken; und Prasutagus wiederum hatte für seine Hochzeitsnacht drei Brautgaben auszuwählen, wie es der Brauch war. Bei den Frauen gab es manch Getuschel, wie diese wohl aussehen würden, was es denn wohl sei. Denn Prasutagus' Vater gehörte zu den reichsten Stammesfürsten der Parisi, und seine Gaben würden sicher begehrenswert sein.

Aber weniger als einen halben Mond vor dem ausgewählten Tag kam die Kunde, daß eine Räuberbande der Catuvellauner unsere südlichen Grenzgebiete verheerte. Das gab es ja nur allzuoft, aber dieses Mal war es eine größere Bande als sonst. Sie drängten weit in unser Land hinein, bis zum High Chalk, dem Hügelkamm, der uns mit der Außenwelt verbindet. Schon immer sind die Händler auf diesem Weg zu uns gekommen, und unsere Leute ritten auf dem nämlichen zu den Märkten im Süden und Westen. Von dort war aber auch die Gefahr eines Angriffs am größten. Deshalb hielten wir die Graswälle stets instand, und unsere Wächter waren in dieser Gegend besonders auf der Hut, so daß nur selten Räuber eindrangen. Aber jetzt handelte es sich nicht um Viehraub, der so halb zum Spaß und Zeitvertreib veranstaltet wurde. Dies war eine starke kriegerische Truppe, die eine Spur verbrannter Gehöfte hinter sich ließ und alle Lebewesen, die ihr begegneten, verjagte.

Und wieder einmal ertönten die Schlachthörner, um die Krieger herbeizurufen. Die Wagen wurden gerichtet, und der König fuhr mit den Kämpfern seines Hofes, darunter auch Prasutagus, bei stürmischem Mond davon, um die Grenzen wieder zu sichern.

Sie blieben sieben Tage fort. Zur Stunde der Dämmerung, wenn die ersten Eulen rufen und die Fackeln aufleuchten, kehrten sie zurück. In den Wagenspuren hatte sich das erste knisternde Eis gebildet, und der Atem der Pferde stand dampfend in der Luft, als sie zwischen den großen, steinernen Torpfosten in den Waffenhof einbogen. Sie führten eroberte Pferde mit, und die Köpfe erschlagener Räuber baumelten, an ihrem langen Haar aufgehängt, von den Wagenrändern. Aber auch in unseren eigenen Reihen gab es Lücken. Ohne Triumphgeschrei kam die Truppe heim. Prasutagus lenkte den königlichen Wagen, darauf lag festgebunden, damit er nicht hin- und hergerüttelt werde, der Körper des Königs unter seinem Schild.

In der versammelten Menge stimmten die Frauen die Totenklage an. Männer eilten mit Fackeln herbei, als man ihn heraushob und auf den kalten Boden vor der Türschwelle legte. Dann teilte sich die Menge, und Prinzessin Boudicca schritt hindurch. Lange stand sie da, lange blickte sie auf den Leichnam ihres Vaters, einmal schwankte sie ein wenig wie ein einzelner Getreidehalm im Windhauch. Doch gleich gewann sie wieder Halt: «Bringt ihn in seine Festhalle», sagte sie mit tonloser Stimme. Dann schaute sie hoch, und ihr Blick fiel auf Prasutagus. Und plötzlich schrie sie, voller Jammer: «Warum mußte er es sein? Warum nicht du?»

Prasutagus sah sie an, ein breiter Streifen getrocknetes Blut zog sich quer über sein Gesicht: «Weil es auf seiner Stirn geschrieben stand, und nicht auf meiner.»

So trug man den König in seine Festhalle.

Nun brannten die Totenfeuer für den alten König. Als sie erkaltet waren, wurde seine Asche in das königliche Haus des Schlafs, das Grab, gebracht, zusammen mit seinem besten Speer, seinem großen, mit Bronze überzogenen Schild und dem Schwert mit dem goldverzierten Griff, auf daß er bewaffnet sei, wie es einem großen Stammesführer gebührt, für seine Reise jenseits des Sonnenuntergangs. Als alles vorüber und die angemessenen Opfer dargebracht waren, geleiteten die Eichenpriester Boudicca oben auf den Grabhügel. Dort waren unsere Königinnen schon immer, seit unser Volk besteht, ernannt worden. Die Priester stellten sie den versammelten Stammesführern nach Norden und Süden, nach Osten und Westen vor und riefen: «Volk des Pferdes! Hier ist eure Königin, nehmt ihr sie an?» Und von jeder Seite entboten die Stammesfürsten ihr den Gruß und schlugen dabei ihre Schilde aneinander: «Wir nehmen sie an, wir nehmen sie an!»

Vor aller Augen setzte ihr Merddyn, der oberste der Eichenpriester, den hohen Silberkopfschmuck der Mondgöttin auf. So wurde sie unsere Königin, unsere Göttin auf Erden; das Wohl und Wehe unseres Volkes lag in ihren Händen. Und während der ganzen Zeremonie war ihr Gesicht im Schein der zu ihr emporflammenden Fackeln unbewegt wie eine Maske. Ihre Augen lagen darin wie schwarze Höhlen, durch die der Nachthimmel schimmert. Und ich dachte: Sie ist zu jung ... zu jung ... zu jung ...

Spät, sehr spät ging Boudicca in dieser Nacht zu der Waffentruhe im königlichen Gemach und holte das schlichte, lange Schwert mit dem vom Alter gedunkelten Griff aus Narwal-Elfenbein hervor. Es hatte ihrem Vater gehört, als er jung gewesen, lange bevor er König wurde. Sie legte es neben sich auf die mit Decken überhäufte Bettstatt, wo sie nie zuvor geschlafen hatte.

Die neun Trauertage waren erfüllt, und die Feuer auf den Herdstellen, die man gelöscht hatte, wurden wieder angezündet. Und dann kam der vereinbarte Tag für das Brautfest und die Krönung des neuen Königs.

Prasutagus und Boudicca standen nebeneinander vor den versammelten Führern und Großen des Stammes auf der Schwelle der Festhalle. Alle Türschwellen sind geheiligt, besonders aber die königlichen. Boudicca trug einen Mantel aus milchweißem Stutenfell. In den Silberscheiben des Mondkopfschmucks, die an ihren Wangen herunterhingen, fing und verlor sich das winterliche Licht. Prasutagus aber war mit dem großen Mantel des Königs aus dem rotbraunen Fell eines Hengstes bekleidet. Sie sprachen die Worte, die Merddyn von ihnen forderte, und hielten ihre Hände hin, und er machte den Schnitt der Vermählung. Zuerst ritzte er ihr Handgelenk, dann seines, und band sie leicht mit einem Riemen aus dem ungegerbten Fell eines rotbraunen Hengstes zusammen. So standen sie vereint, während ein paar Tropfen ihres gemeinsamen Blutes auf die Schwelle fielen. Dann löste Merddyn das Gebinde, und ein anderer Priester brachte einen der alten Speere des Königs und berührte Prasutagus damit. Zuerst an der Stirn, dann an der Brust, dann gab er ihn in seine Hand. Das ist die ganze Zeremonie beim Pferdevolk, wenn einer zur Königswürde erhoben wird. Die eigentliche Krönung ist die Vermählung mit der Königin. Dann wandten sie sich um und betraten gemeinsam die Festhalle, und Prasutagus war König.

Nun wurden die Kochstellen eröffnet, und das Fest begann. Mittendrin holte Prasutagus unter seiner Tunika eine Halskette hervor. Sie bestand aus Bernstein und rotem Karneol und einem eigenartig verschlungenen Geflecht von Golddraht, das hell wie die Sonne leuchtete. Er legte sie Boudicca um den Hals. Das war sein erstes Brautgeschenk. Später führte sein Wagenlenker eine junge Stute herbei. Schweif und Mähne waren grauweiß, ihr Körper von einem dunklen Goldton wie Heidehonig. Sie war so leichtfüßig und grazil, daß ihre Hufe den mit Farnkraut ausgelegten Boden kaum zu berühren schienen. Dies war seine zweite Brautgabe.

Ich schaute Boudicca die ganze Zeit an. Als sie während der Feierlichkeiten auf der Schwelle stand, wie Prasutagus ihr die feurig aufleuchtenden Juwelen um den Hals legte, wie sie ihre Hand ausstreckte, um die Stirn der Stute zu berühren, zum Zeichen, daß sie sie annehme. Auch als ich meine Harfe ansetzte, beobachtete ich sie, und ebenso, während ich das Brautlied sang, welches ich für sie erdacht hatte; manches Nachdenken, viel Liebe und langes Hin- und Herwandern hatte ich darauf verwendet. Ich ließ sie auch nicht aus den Augen, als sie mit Prasutagus den gepflasterten Boden zum Mann-und-Frau-Tanz betrat, sie hielt ein langes Stück Elfenbein in der Hand, er einen stachligen, biegsamen Stechpalmenzweig. Und dabei dachte ich immerzu: Sie ist zu jung. Gram komme über mein Haupt! Sie ist zu jung … Man hätte ihr mehr Zeit lassen müssen …

Aber ich wußte doch, da der alte König tot war, hatte man nicht mehr warten können.

Spät in der Nacht gingen Boudicca und ihr Ehegemahl in das königliche Gemach. Ich erinnere mich, daß er ihr seine Hand reichte. Aber sie ging neben ihm, ohne sie zu berühren. In der Tür warfen die Frauen Getreidekörner über ihre Köpfe, auf daß sie viele Kinder bekämen. Wie ein Goldregen prasselte es über ihnen hernieder im Schein der Fakkeln aus knorrigem Fichtenholz. Es wurde gelacht und gescherzt, und so viele das Zimmer nur aufnehmen konnte, schoben sich hinter den beiden hinein, die übrigen drängten sich im Eingang.

In der Mitte des Raumes stand das Bett. Hochaufgetürmt lagen darauf Decken aus Wolfs- und Rehfellen gegen die eisige Zugluft, die über den Boden hereinstrich. Denn ein Wind hatte sich erhoben, bis zum Morgengrauen würde er vom Meer her zum Sturm anschwellen. Die Frauen standen am Fuß der Bettstatt. Sie nahmen Boudicca den Mondkopfschmuck ab und zogen sie splitternackt aus und hüllten sie zum Schutz vor der Kälte in einen Umhang. Das gleiche machten junge Krieger mit Prasutagus, dem König. Dann war der Augenblick für die letzte Zeremonie da: Das Trinken von Apfelwein, der mit Honig und bestimmten Kräutern versetzt war, aus dem Brautbecher. Boudicca blickte zu ihren Frauen und zu Rhun hinüber, die ihn bringen sollte. Doch bevor die alte Kinderfrau auch nur eine Bewegung gemacht hatte, gab Prasutagus Cadog, seinem Waffenträger, ein Zeichen. Der Knabe trat aus dem Dunklen hervor und trug einen Becher, der sicher nicht von den Icenern stammte. Eigenartig war er, sehr eigenartig.

Es war ein Glaskelch, ich schätzte, eine römische Arbeit. Römisches Glas hatte ich zwar schon zuvor gesehen, aber keines wie dieses. Es war ein Innenbecher, der in einem äußeren steckte. Der äußere aber war eigentlich gar kein Gefäß, sondern ein Gewirr ineinander verwobener Gestalten, die frei vor dem inneren Glas zu stehen schienen. Als ich den Becher später eingehender betrachten konnte und ihn mehr als einmal in Händen hielt, bemerkte ich, daß diese Figuren wirklich seltsam aussahen; sie waren halb Mensch, halb Pferd, mit sich windenden Mädchengestalten dazwischen. Alle waren untereinander mit verdrehten Zweigen von Bäumen verbunden, und sie berührten den inneren Kelch nur am Rand und am Boden. Offensichtlich gab es sogar bei den Römern Leute, die zaubern konnten. In jener Nacht aber bemerkte ich nur, daß er eigenartig war und wunderschön und daß er eine satte grüne Farbe hatte. Es war das dunkle, leblose und lichtlose Grün, wie man es in der Tiefe des Waldes im Spätsommer vorfindet.

Prasutagus nahm den Becher von seinem Waffenträger entgegen und reichte ihn Boudicca. Sie schaute ihn an, machte aber keine Anstalten, ihn zu nehmen: «Was ist das?»

«Dein Brautbecher», sagte er.

«Er gehört mir nicht.»

«Jetzt schon», sprach Prasutagus tonlos, «es ist mein drittes Brautgeschenk für dich.»

Seine Stimme klang sanft, doch ein Zug um seinen Mund verriet, daß er ein Mann war, der zwar lange warten würde, dem man zum Schluß aber doch nachgab.

Es war ganz still geworden. Keiner lachte mehr im königlichen Gemach. Nur das Seufzen des Windes, der über das strohgedeckte Dach strich, war zu hören, und von irgendwo der spöttische Ruf einer Eule. Inmitten dieses Schweigens beobachtete ich den Willenskampf zwischen den beiden. Ich wußte, wieviel es Prasutagus bedeutete, daß sie aus diesem Becher trank, der ein Geschenk von ihm war. Boudicca war bei den Ihren, zu Hause, er war der Fremde, der von außen kam. Zwei Jahre lang war er gezähmt worden, hatte man ihm alles beigebracht wie einem Wagenpferd. Und es war ihm nicht leichtgefallen, das hatte ich Boudicca damals im Apfelgarten auch gesagt. Er war nichts aus eigenem Recht, König war er nur, weil er auserwählt wurde, sich mit Boudicca zu vermählen. Er war jung, stolz, und was alles noch schlimmer machte, er liebte sie. Deshalb dieses dritte Geschenk, das Schönste, was er hatte finden können, das Geschenk eines Liebenden. Deshalb bestand er darauf, daß sie daraus trinke. In dieser Sache würde er wirklich ihr Eheherr sein.

Schließlich seufzte Boudicca ein wenig und streckte ihre Hände aus, um den Becher zu nehmen. Sie hielt ihn nur ganz leicht und blickte hinein. Einen Augenblick lang fragte ich mich, ob sie die Hände absichtlich öffnen und ihn auf den gepflasterten Boden fallen und zerschmettern lassen würde. Aber sie hob ihn an und trank. Dabei zeigte sich der ganze Zauber dieses Stücks. Denn als sich das Licht der knorrigen Fichtenfackeln darin fing und hindurchschien, flackerten in seinem dunklen Schattengrün verschwommene Flammen auf, die in ihren feurigen Farben dem Sonnenuntergang im Winter über dem Marschland glichen. Ein Murmeln lief durch die Reihen der Zuschauer, starr vor Staunen waren alle. Boudicca aber zeigte keine Regung, sie trank lediglich und gab Prasutagus den Becher zurück. Einen Moment lang umschloß seine Hand die ihre, als er ihn entgegennahm, darauf leerte er ihn bis zur Neige und reichte ihn Old Nurse, die sich zögernd in der Nähe hielt. Und als nun das Fackellicht nicht mehr in ihm leuchtete, nahm der Kelch wieder sein dunkles Waldgrün an.

Während die Frauen die schweren Bettdecken beiseite zogen, ging Boudicca zu ihrer Kleidertruhe und holte daraus das bloße Schwert des alten Königs. Einige Männer pfiffen leise durch die Zähne, aber ich glaube, die Frauen wußten schon, was kommen würde. Boudicca kniete an der Bettstatt nieder und beugte sich vor, um die nackte Klinge in die Mitte zu legen. Ich erinnere mich, daß das Licht der Fackeln auf dem grauen, glänzenden Eisen tanzte.

Boudicca erhob sich wieder, stand da und schaute ihren rothaarigen Ehegemahl an.

«Mein Herr Prasutagus, da drüben ist dein Platz, und hier ist der meine. Bleibe du auf deiner Seite, unter deiner Decke, bis ich dich vielleicht einmal auffordere, näher zu kommen.»

Er erwiderte ihren Blick, beide Hände in die Hüften gestemmt, und wiegte sich dabei leicht hin und her, sein breiter Mund verzog sich zu lautem Lachen: «Keine Eile», rief er, «Boudicca, du Honigsüße, du bist nicht das erste Mädchen unter meiner Decke. Aber ich habe, glaube ich, noch nie eines gehabt, das nicht von Herzen gern zu mir gekommen wäre; und ich will doch nicht bei meiner eigenen Königin damit anfangen, es anders zu machen!»

Das Schwert auf der Schwelle

Spät im Frühjahr, als die Schwalben ihre Nester unter den Dächern bauten, gab es ein Ereignis, das alles veränderte – die Rothelme kamen wieder.

Die Kunde von ihrem Kommen erreichte uns über die Handelswege, wie immer bei solchen Dingen. Plötzlich waren die Catuvellauner von unseren Grenzen verschwunden, denn König Togodumnos sammelte sein Heer und eilte nach Süden, um die Rothelme abzufangen. Es gab einen schweren Kampf. Die Catuvellauner wurden bis zum Vater der Flüsse zurückgetrieben. Dort kam es zu einer weiteren Auseinandersetzung um die Furt oberhalb des Handelspostens von Londinos. Wieder wurden die Catuvellauner zum Rückzug gezwungen, Togodumnos wurde erschlagen, und sein jüngerer Bruder Caratacus war danach der einzige Führer des Heeres.

Für die Kriegskatzen war das sicher ein eigenartiges Gefühl, so lange sind sie stets die Eroberer gewesen, und jetzt wurden sie bei einer Niederlage zum Rückzug gezwungen.

Die Anführer, die Edlen und die mächtigsten Kämpfer der Icener versammelten sich am Beratungsfeuer. Einige der jungen Männer, die besonders hitzköpfig und ungeduldig waren, wollten die Ländereien der Catuvellauner überfallen, solange diese mit ihren Speeren woanders beschäftigt seien. Andere waren dafür, sich ihnen anzuschließen und die Rothelme ins Meer zurückzujagen.

Doch die meisten, darunter die Anführer und älteren Männer, dachten anders. Gretorix Hard-Council stand auf und drehte die Enden seines dachsfarbenen Bartes um seine Finger, wie es seine Art war, und sagte: «Wenn wir in die Jagdgefilde der Catuvellauner einfallen, und diese sind mit ihren Speeren gegen die Rothelme erfolgreich, dann werden sie anschließend ihre Waffen gegen uns richten, und man muß bedenken, daß sie immer noch ein weitaus größeres Heer haben als wir. Siegen aber die Rothelme, dann haben wir nichts gewonnen, sondern wahrscheinlich viel verloren. Verbünden wir uns jedoch mit den Catuvellaunern, um die Rothelme zu vertreiben, dann haben wir sie hinterher nach wie vor an unseren Grenzen. Werden wir dagegen zum Rückzug gezwungen, dann geraten wir beide unter das Joch der Rothelme. Warum das riskieren, wo wir den Kriegskatzen doch nichts schuldig sind? Mein Rat ist, daß wir in Ruhe an unseren Herdfeuern abwarten. Sollten die Catuvellauner den Sieg davontragen, hat das womöglich den Vorteil, daß sie für ein Lebensalter oder mehr in ihrer Kampfkraft geschwächt sind, und wir haben nichts eingebüßt. Gewinnen denn die Rothelme, können wir versuchen, uns mit ihnen zu verbünden, damit wir in zukünftigen Zeiten nicht allein gegen die Kriegskatzen dastehen.»

Nun wurde am Beratungsfeuer hin und her geredet. Hitzköpfe gegen klare Denker. Schließlich war es an der Zeit, daß die Königin etwas sagte. Sie erhob sich von ihrem Thron aus aufeinandergehäuften Bullenfellen. Da stand sie vor all ihren Heerführern und Ältesten. Es war so still, daß ich glaubte, die Luft durch meine Harfensaiten streichen zu hören. Sie war weiß im Gesicht, ihre Augen ganz dunkel. So hatte ich sie schon einmal gesehen. Sie sprach und blickte dabei der Reihe nach jeden an: «Gretorix Hard-Council hat gesagt, daß wir den Kriegskatzen nichts schuldig sind. Das ist nicht wahr. Wir verdanken ihnen den Tod des Königs, meines Vaters, sie tragen die Verantwortung dafür. Laßt uns an unseren Feuern abwarten, und mögen sie unter den Füßen der Rothelme zugrunde gehen.»

Ich dachte: Ganz Frauenart! Was für eine schlaue Füchsin! Sie setzt das Schicksal zweier Stämme, ja vielleicht von noch viel mehr, aufs Spiel gegen das Leben eines einzigen Mannes!

Ich schaute Prasutagus an, der neben ihr saß, sein Schwert auf den Knien, und spürte, daß auch er so dachte und auch Gretorix Hard-Council und die übrigen am Feuer. Dann bemerkte ich den Gesichtsausdruck von Merddyn, dem Eichenpriester. Sein dunkler Blick ruhte auf Boudicca, und der Anflug eines Lächelns lag auf seinen Lippen. Da wurde mir klar, daß die Priester ihr diesen Gedanken eingegeben hatten, und sicher schon lange, bevor das Beratungsfeuer angezündet worden war. Das fand ich nicht gut. Aber die Entscheidung, welche auf ihre Weise das gleiche besagte, was Gretorix gemeint hatte, schien mir vernünftig. Nur war sie nicht von der Art, die man in großen Liedern und Dichtungen besingt.

Die Sache war also beschlossen, Prasutagus' Hand glitt sanft von seinem Schwertgriff.

Und wir blieben also, für dieses Mal, an unseren Feuerstellen. Wir warteten ab, während die Catuvellauner im Schutz des Waldes nördlich von Londinos lagen; sie und die Rothelme belauerten einander wie Tiere über einer

Beute. Im Hochsommer hörten wir schließlich, der Kaiser des römischen Volkes persönlich sei gekommen und mit ihm noch mehr Rothelme und wundersame Kampftiere, die viel größer waren als das größte Pferd, das je geboren wurde. Ihre Stimmen dröhnten wie viele Kriegshörner auf einmal, und ihre Haut war so dick, daß ein Speer ihr nichts anhaben konnte. Die Erde zitterte unter ihren Füßen, wenn sie angriffen, und alles, was ihnen in den Weg kam, zersplitterten und zertrampelten sie.

Es kam zum Kampf, der heftiger war als alle je zuvor, und die Catuvellauner wurden vernichtend geschlagen. Caratacus rettete seine bloße Haut. Mit ihm entkam eine Handvoll seiner Kampfgefährten. Sie flohen, um sich von neuem zu bewaffnen und zusammen mit den Siluren, die in den westlichen Hügeln lebten, wieder anzugreifen.

Danach trat Ruhe ein, und es kam die Nachricht, der Kaiser habe Dun Camulus kampflos eingenommen. Von dort aus warte er jetzt, daß die Catuvellauner sich ergäben. Während er also in der Festung war, suchten ihn andere Könige unter dem Friedenszweig auf und bemühten sich um ein Freundschaftsabkommen mit ihm. Nun hielten die Icener wieder Rat, und sie kamen zu dem Beschluß, das gleiche zu tun. Es wurde bestimmt, daß Prasutagus, nur in Begleitung einiger Heerführer und Ältester, sich nach Dun Camulus begeben sollte. Zum einen, weil den Römern das Frauenherrschertum nicht vertraut war, zum anderen könnte sie dort ja auch eine Falle erwarten, durch welche die Römer die Stammesführer in ihre Hände bekommen wollten. So sollte Boudicca in der Zwischenzeit im Schutze ihres Volkes bleiben.

Darüber entrüstete sie sich. Ich erwartete fast, sie würde

hinterherlaufen, wie sie es ja schon zuvor getan hatte. Aber dem Ratsbeschluß konnte nicht einmal Boudicca sich widersetzen. Ich ritt mit Prasutagus nach Süden, denn bei allen großen Ereignissen, die den Stamm betreffen, muß der Harfenspieler dabeisein. Nur so kann er ein Lied darüber ersinnen, das in die Geschichte des Volkes eingeht.

So machten wir uns auf den Weg durch das Moor und dann durch das höhergelegene Waldland, wo die Getreidefelder zur Ernte heranreiften. Unter den Hufen der Pferde und den rollenden Wagenrädern wirbelten die spätsommerlichen Staubwolken auf. Ich erblickte die hochaufragende Festung der Catuvellauner mit dem Königspalast in der Mitte; sie war in allem viel größer und schöner als unsere Anlage. Ringsum erhoben sich Vorgebäude und Wagenhöfe, es gab Werkstätten für die Handwerker und das Frauenhaus. In Togodumnos' Festhalle sah ich den Kaiser sitzen – Claudius nannten sie ihn. Sein Aufzug in der goldenen Rüstung hätte eine Katze zum Lachen bringen können (aber für die Kriegskatzen gab es sicher nichts mehr zum Lachen). Der Kaiser hatte einen dicken Wanst. Sein kleiner Kopf ruhte auf einem zu langen Hals. Beim Reden stotterte er wie ein Kuckuck im Hochsommer. Als er umherging, merkte ich, daß er hinkte. Er schien mit allem zufrieden, sich selbst eingeschlossen. Ich nahm aber auch wahr, daß er eine Denkerstirn hatte, wie der junge Prasutagus. Ich fühlte mich zu ihm hingezogen, soweit das bei der Kluft zwischen uns möglich war.

Es waren so viele Könige anwesend wie Finger an meinen Händen, die großen und die kleinen zusammengezählt.

Jedesmal, wenn der Kaiser mit einem von ihnen sprach, stand ein Mann dabei, meistens war es ein Händler. Er gab die Worte jeweils weiter, er übertrug die Sprache eines jeden in die Sprache der Römer und umgekehrt. Nur einer oder zwei von den Stämmen aus dem Süden, wo seit vielen Jahren ein ständiger Austausch mit den Römern stattfand, konnten Römisch und trugen den Kopf entsprechend hoch. Cogidubnos von den Regni war ihr Anführer. Schon lange bevor die Rothelme kamen, war er beinahe ein römisches Prinzchen gewesen. Ich denke, wenn Prasutagus es gewollt hätte, hätte er auch eins sein können, denn die Parisi waren schon immer eng mit Gallien verbunden. Und in Gallien beherrscht jeder die Sprache der Römer. Aber er war hier, um für die Icener zu sprechen, und an seiner Seite stand ein Händler wie bei allen anderen auch.

Wir blieben drei Tage lang in Dun Camulus – die Rothelme nannten es jetzt Camulodunum. Dort sah ich auch die riesigen Kampftiere, die Claudius mitgebracht hatte. Elefanten heißt man sie; es sind gar keine Zauberwesen, sie sind uns nur nicht bekannt. Diese Tiere sind wirklich von mächtiger Statur. Die Reiter sitzen ihnen rittlings auf dem Hals, hinter den großen, wedelnden Ohren. Im Krieg tragen sie auf ihrem Rücken so etwas wie räderlose Wagen, in denen Bogenschützen und Männer mit Wurfspießen hokken. Kämpfen sie aber nicht, sind sie erstaunlich sanft. Und wenn sich ihr Reiter vor sie hinlegt, tasten sie vorsichtig wie ein Mädchen beim Blumenpflücken nach ihm mit dem Ende dieses langen hin- und herpendelnden Dings, das aus ihren Köpfen da herauswächst, wo sonst die Schnauze ist. Dann steigen sie über ihn, ohne ihm ein Härchen zu krümmen. Ich habe gehört, daß ihr großes Herz vor Furcht stockt, wenn ein kleiner Hund bellt. Bedauerlich für die Catuvellauner, daß sie das nicht wußten.

Die Tage der großen Ratsversammlung verstrichen. Jeden Abend wurde gefeiert, und die Könige und Stammesfürsten schlossen ihren Frieden und schworen auf das Bündnis mit Rom.

Dann kehrten wir in den Norden zurück.

Boudicca erwartete ihren Herrn im Eingang zum Waffenhof zur Begrüßung. «Sind wir noch ein freies Volk?» fragte sie, als er das Gespann zügelte und vom Wagen sprang.

Er antwortete: «Solange wir unseren jährlichen Tribut an Gold, Pferden und jungen Männern, die Seite an Seite mit den Rothelmen dienen, entrichten …»

«Dann sind wir nicht frei.»

«Wir sind, was der Kaiser und seine Minister einen freien Staat nennen. Gretorix Hard-Council wird dir erklären, was das bedeutet. Und Cadwan, der Harfenspieler, wird dir ein Lied singen von den Herrlichkeiten, die wir im Lager des Cäsaren gesehen haben. Ich bin sehr müde, meine Königin.»

Ende des Sommers kehrte Kaiser Claudius nach Rom zurück. Er hinterließ die Anweisung, daß Dun Camulus als eine römische Stadt wieder aufgebaut werden sollte. Er verlieh dem Ort die besonderen Rechte einer Kolonie, wo die Rothelme sich einmal niederlassen könnten, wenn ihre Zeit bei den Adlerstandartenträgern vorbei sei. Zur Beaufsichtigung der Arbeiten blieben Männer zurück.

Wir im Pferdeland hatten an anderes zu denken, denn nach der Ernte mußten die Herden zusammengetrieben werden. Die Einjährigen bekamen ihr Brandmal; die halb-wilden Zweijährigen wurden in den Pferch zum Zureiten und Abrichten gebracht.

Eines Tages wehte ein leichter, launiger Wind, und das Wechselspiel des Lichtes kündigte den frühen Herbst an. Boudicca und Prasutagus ritten mit einigen Waffengefähr-ten den ersten Herden entgegen, die von den Hochland-weiden heimgetrieben wurden. Den ganzen Tag hatte der Donner dumpf über dem Marschland gegrollt, jetzt zog er nach Süden weiter, wo das Land im Schatten hochaufge-türmter Wolkenbänke lag. Als wir hinunterkamen zu der Stelle, wo das Eichengestrüpp zurückwich und der Fahr-weg breiter wurde und dann ins offene Weideland lief, flammte plötzlich ein Blitz auf, der so hell war, daß man ihn sogar im Tageslicht sehen konnte. Dann hörte man über dem Wald landeinwärts den peitschenden Knall des Don-ners, der sich brummelnd und rollend über das Marschland hinweg zum Meer entfernte.

Wir ritten in weitem Abstand voneinander dahin, und ohne daß ich es gemerkt hatte, war ich den übrigen ein Stück voraus. Mein Pferd war noch jung und aufgeregt. Es tänzelte und schwitzte. Ich brachte es am Waldrand, wo ein Gewirr von Salweiden, Brombeerhecken und hochge-wachsenem Sumpfjakobskraut wucherte, zum Stehen. Da hörte ich die anderen nachkommen. Prasutagus und meine Herrin Boudicca ritten nahe an mir vorbei. Es schien, als hätten sie Streit, denn Boudiccas Gesicht war hochrot, und ihre Augen blitzten. Damals zankten sie oft. Meistens war sie es, die angriff. Beide hielten gerade vor mir an und blickten auf die Ebene und den Weg. Er sagte in äußerst gereiztem Ton: «Glaubst du, es hat mir Vergnügen bereitet, vor dem Kaiser von Rom zu knien und ihm Treue zu schwören? Ich habe nur nach den Beschlüssen der Ratsversammlung gehandelt, die vor allem aber auch die deinen waren, meine Königin. Wenn du nun, da es geschehen ist, meinst, daß es nicht gut war, sprich mit Gretorix und den Graubärten darüber, aber komm nicht mir damit!»

Plötzlich glaubte ich von ferne her, dort wo der Weg hinter den Eichenwäldern den Blicken entschwand, etwas gehört zu haben: Aufgeregtes Rufen … aber eine leichte Windbö trug das Geräusch wieder weg.

«Hast du am Beratungsfeuer denn keine Meinung gehabt, keine Stimme?» rief Boudicca wütend und blickte ihn über die Schulter hinweg an: «Du bist der König! Zählst du denn nichts?»

Ach, der Unverstand der Frauen! Daß die Frauen immer so unverständig sein müssen!

Bestimmt hatten sie meine Anwesenheit bemerkt, aber ich bin sicher, das war ihnen gleichgültig.

Prasutagus holte tief und lange Luft: «Jeder weiß, was der König beim Pferdevolk zählt, solange er sich nicht als Heerführer bewährt hat; solange er nicht der Königin Söhne und Töchter geschenkt hat.» Nicht einmal jetzt ließ er seinem Ärger freien Lauf. Er sprach mit fester Stimme und mühsam beherrschter Geduld: «Du weißt selbst, welche Gelegenheit ich hatte, meine Speerhand unter Beweis zu stellen. Und was das übrige anbelangt – Boudicca, ich habe mein Versprechen gehalten, aber das Schwert deines Vaters liegt noch immer zwischen uns.»

Am liebsten hätte ich ihm zugerufen: «Hör endlich! Die Zeit für Geduld ist bald vorbei! Bald erlaubt ihr der Stolz nicht mehr, das Schwert beiseite zu legen, selbst wenn sie es wollte, es sei denn, sie wird von außen dazu gezwungen!»

Als die anderen Reiter kamen, schlug sie seine Hand weg, mit der er ihren Zügel leicht gehalten hatte. Sie trieb ihrer Stute die Fersen in die Seite und stürmte vorwärts und hinab in die Richtung des Fahrweges.

Und dann schien es, als geschehe alles auf einmal, ohne ein Vorher und Nachher, ohne jede Reihenfolge im Ablauf der Ereignisse. Es wurde dunkel, die Sturmwolken zogen sich zusammen, und gleichzeitig war da ein Blitz und ein Donnerschlag, jetzt fast über uns. Und um die Wegbiegung stürzte, das offene Land wie ein plötzlich anschwellender, reißender Strom überschwemmend, die Herde heran.

Die Tiere stürmten in angstvoller, kopfloser, wilder Flucht dahin. Fast hatten sie Boudicca erreicht, da erkannte sie die Gefahr und riß ihre Stute herum. Im langen trockenen Sommer war die Wiese ganz glatt getreten worden, und ehe man sich's versah, verlor die Stute den Halt, die Hinterbeine rutschten weg, und das Tier ging halb zu Boden. Im gleichen Augenblick lag die Königin neben dem verfallenen Stamm einer Erle, die vor langer Zeit dort hingestürzt war. Unter angstvollem Wiehern sprang die Stute wieder hoch und floh vor der dunklen, heranrollenden Flut ihrer eigenen Gattung.

In wilder Hast preschten wir alle auf einmal vom Waldrand auf dieselbe Stelle zu, aber ach, wir konnten nur allzuwenig tun, nicht mehr als die schreienden Hirten, die auf ihren Pferden an den Seiten der in panischer Angst fliehenden Herde entlangsprengten.

Prasutagus war uns allen voraus. Fast im selben Moment, als Boudicca sich von ihm losgerissen hatte, war er hinter ihr hergeritten. Er erreichte sie, als die ersten Tiere der Herde herankamen. Es blieb ihm keine Zeit, sie zu packen und wegzureißen. Im vollen Galopp ließ er sich vom Pferd fallen, warf sich über sie, drängte sie gegen den Erlenstamm und schützte ihren Körper mit dem seinen, als die Woge der polternden Hufe über sie kam.

Soviel hatte ich gesehen, aber dann wurde ich vom Sog der fliehenden Herde gepackt und mitgerissen. Eine Weile, es war mir nicht bewußt, ob es lange dauerte, konnte ich nichts weiter tun, als mein eigenes Pferd vorm Sturz zu bewahren. Schließlich konnte ich das Tier herumreißen und gegen den Strom anreiten. Rings um mich waren erhobene Köpfe, vorwärtsdrängende Schultern, angstvolle, wilde Augen, geblähte Nüstern und flatternde Mähnen. Doch der Druck ließ nach. Die Staubwolke legte sich, und um den Erlenstamm war ein freier Platz, als ich dorthin kam. Männer schwangen sich von ihren Rossen. Die Königin stand. Alle starrten auf Prasutagus, der reglos auf dem zertretenen Grund lag.

Ich bin sicher, hätte dieser halbverfaulte Stamm nicht ein wenig Schutz geboten, wären beide umgekommen. Nun, die Königin war offensichtlich unverletzt. Als sie Prasutagus von ihr herunterhoben, hatten sie ihn umgedreht. So fielen die ersten schweren Tropfen des Gewitterregens auf sein Gesicht. Ein schmaler Blutfaden lief aus seinem Mundwinkel. Mehr Blut kam aus dem Haar, über dem einen Ohr. Seine Tunika hing halbzerrissen von seinem Körper, und an Seiten und Schultern sah man offenes Fleisch.

Der Lärm, das Donnern der Hufe, die Schreie der Männer, das schrille Wiehern der Pferde waren verstummt. Plötzlich war es sehr still.

47

Boudicca fragte: «Ist er tot?» Ihr Gesicht war aschfahl wie seines; und dann sagte sie leise, so leise, daß ich meinte, wohl der einzige zu sein, der es verstand: «Laßt ihn nicht tot sein …»

Jemand sprach: «Er ist nicht tot, aber seine Seele hat seinen Körper für eine Weile verlassen.»

Hastig holte Boudicca Atem: «Jemand soll zurückreiten und einen heilkundigen Priester herbringen, damit der seine Seele zurückhole.»

«Bran ist schon unterwegs. Wir bringen den König inzwischen in die Festung zurück.»

Ein Pferdehirt kam herbei und kauerte sich zu Füßen der Königin: «Herrin, wir konnten nichts dafür. Der Donner hat die Herde erschreckt.» Teilnahmslos blickte Boudicca auf ihn herab: «Glaubst du, du wärest noch am Leben, um mir das sagen zu können, wenn ich auch nur einen Moment gedacht hätte, daß du schuld bist? Los, steig auf dein Pferd und reite den übrigen nach. Ihr werdet sie ohnehin nicht vor Sonnenuntergang zusammengetrieben haben.» Sie kniete nieder und wischte mit ihrem eigenen nassen Haar das Blut von Prasutagus' Gesicht.

Die Waffenträger machten aus Mänteln, die sie über den Schaft ihrer Speere banden, eine Bahre und trugen unseren Herrn Prasutagus im peitschenden Regen zurück. Es donnerte nicht mehr; es war, als hätte das Gewitter seine Aufgabe erfüllt. Wir folgten zu Fuß, unsere Pferde führten wir am Zügel. Boudicca lief die ganze Zeit neben der Sänfte her: «Legt noch mehr Mäntel über ihn», sagte sie einmal, «sonst wird sein Körper so kalt, daß die Seele nicht mehr zurückkehren kann.» Das war das einzige, was sie auf dem langen Weg zur Festung sprach.

48

Sie brachten ihn in das königliche Gemach und legten ihn auf die Bettstatt. Die heilkundigen Priester kamen und betasteten ihn mit prüfenden Fingern. Sie horchten mit den Ohren an seiner Brust, wie es ihre Art ist. In einem Kessel verbrannten sie eigenartige Dinge und stellten ihn so neben Prasutagus auf, daß der Rauch über sein Gesicht strich, auf diese Weise mußte er ihn mit dem Atem einziehen. Sie strichen grüne Heilsalbe auf Leinenstreifen und bedeckten seine zahlreichen Wunden damit. Den größten Teil der Nacht verbrachte der oberste der Priester, die der Krankenpflege kundig sind, an seiner Seite. Er legte ihm seine heilenden Hände mal auf den Kopf, dann auf das Herz, um seinen Körper zu kräftigen, damit er auf seine Seele warte und sie wieder in sich aufnehmen könnte, denn ein Huftritt hatte ihn an der Schläfe getroffen und sie weit, weit fortgetragen.

An seiner anderen Seite hockte, ebenso die ganze Nacht, Boudicca. Kein einziges Wort sprach sie, und kein einziges Mal löste sie ihren Blick von seinem Gesicht.

Gegen Morgen wurde er unruhig. Ich kauerte am Eingang und hörte den Priester tief seufzen, wie jemand, der sehr müde ist: «Er kommt zu sich.»

Dann wandte Prasutagus seinen Kopf auf den blauen Kissen aus feiner Wolle und gab alles von sich, was in ihm war. Das habe ich auch schon bei anderen Männern beobachtet, die einen Schlag auf den Kopf bekommen hatten. Und er rief in einem Ton, wie ich ihn nie zuvor von ihm gehört, und tastete suchend umher: «Boudicca! Boudicca!» Es war eine bittende, sehnsüchtige, verzweifelte Stimme, als riefe er in einem dunklen Wald nach ihr.

Sogleich antwortete sie: «Hier bin ich, Liebster. Hier. Fühlst du mich? Halte meine Hand, ich bin bei dir.»

Viele Tage und Nächte lag Prasutagus krank und fiebernd darnieder. Auch als seine Wunden schon zu heilen begannen, wurde er Tag und Nacht von Boudicca selbst und von ihrer Kinderfrau und den heilkundigen Priestern, die im königlichen Gemach aus- und eingingen, gepflegt. Und eines Morgens hörte ich ihn lachen. Es klang brüchig und zurückhaltend, denn seine Seiten und der Brustkorb waren noch nicht ganz verheilt und empfindlich, das Atmen tat ihm nach wie vor weh. Aber es klang fröhlich. Da wußte ich, daß alles gut werden würde.

Es vergingen noch etliche Tage. Als ich eines Nachts, auf dem Weg zu meinem Schlafplatz in einer warmen Ecke der Festhalle, am Eingang zum königlichen Gemach vorbeiging, blickte ich zufällig auf den Boden. Da sah ich im letzten Schein der Fackeln und im fahlen Licht des Herbstmondes, welches durch die hohen Fensteröffnungen hereinfiel, das Schwert des alten Königs mit dem Griff aus Narwal-Elfenbein quer über der Schwelle liegen.

Wenn man König ist
und zuviel denkt

Nun ging Boudicca nicht länger mit hocherhobenem Haupt umher, daß man meinte, ihr Hals sei für immer unter dem Gewicht und der Balance des Mondkopfschmuckes steif geworden. Jetzt lief sie umher, als trage sie einen Blumenkranz zur Sommersonnenwende. In den folgenden Jahren erstrahlte sie in rosiger Frische und Schönheit, und sie verströmte Wärme und Glück, wie eine Blume ihren Duft. Ich glaube, ich habe nie zuvor eine so glückliche Frau gesehen, wie sie es in jenen Jahren war. Nachdem ihre Kinder geboren waren, wurde sie sogar etwas dick. Sie wußte es, lachte und sagte: «Wozu kriegt man kleine Junge, wenn man nicht einen weichen Schoß hat, in dem man sie wiegen kann?»

Essylt, die Kronprinzessin, kam in einer dunklen Winternacht rosig und schreiend zur Welt. Sie hatte flaumiges Haar auf dem Köpfchen, es war rot wie die Mittwinterfeuer. Drei Sommer darauf wurde Nessan geboren, die kleine Dunkelhaarige, die fast nie schrie. Und beide Male gab es Aufregung und etwas Streit in den Frauengemächern, weil Old Nurse jedes der kleinen Wesen für sich allein haben wollte, wie zuvor schon Boudicca. Aber die Königin, die die Kinderfrau gern daran teilhaben lassen wollte, stellte klar, daß sie ihr gehörten. Oft sah ich sie in der Sonne auf der Schwelle zu den Frauengemächern sitzen. Sie hatte die Tunika von ihrer Brust zurückgeschlagen und stillte zuerst die lebhafte, ungeduldige Tochter und danach die kleine, dunkle. Dabei spielte Essylt, die inzwischen zu einem Kleinkind herangewachsen war, mit einem Hundewelpen zu ihren Füßen. Ihr wunderbares Glück umhüllte alle wie ein Mantel. Manchmal fiel Prasutagus Schatten über sie, wenn er vorbeiging. Dann blieb er stehen und schaute sie an, und sie erwiderte seinen Blick, und etwas, es war wie ein Aufschimmern in der Luft, ging von einem zum anderen. Einmal sagte er lachend: «Du siehst zufrieden aus wie eine Katze, wie du da so schläfrig in der Sonne sitzt.» Sie kniff ihre Augen zusammen und rieb ihre Wange am kleinen, dunklen Köpfchen Nessans, die sie über ihre Schulter gelegt hatte, und schnurrte sanft: «Prrr …?»

Ja, das waren gute Jahre.

Und weil es eben schlechte und gute Jahre geben muß, gingen sie vorbei.

Am Joch Roms trugen wir nicht allzu schwer. Und weil es zunächst so leicht war, empfanden wir es gar nicht als Joch. Einmal im Jahr kamen die Steuereintreiber und holten ihren Tribut an Gold und Pferden. Einmal im Jahr machte sich die vereinbarte Zahl tapferer junger Krieger auf, um als Hilfstruppe bei den Adlerstandartenträgern zu dienen. Es gab immer genug, die das gerne machten, aus Abenteuerlust, wegen des Soldatensolds oder weil man entferntere Gegenden kennenlernte. Ringsum hatten die Rothelme auf dem Grund und Boden anderer Stämme, nördlich und westlich von uns, ihre Niederlassungen errichtet. Weiter weg gab es die großen Festungen für die Grenzlegionen, und dazwischen waren kleinere eingestreut – wie die

Beschläge auf den Schilden, mit denen das gesprenkelte Ochsenfell am Holz befestigt ist –, um die einzelnen Stämme ruhig zu halten. Aber auf dem Weidegrund des Pferdevolkes gab es keine römischen Anlagen. Noch waren wir ein freies Volk.

Das Leben nahm immer mehr eine römische Färbung an. Durch das Kommen und Gehen der Händler bekam man auch immer mehr römische Ware zu sehen, wurden römische Gepflogenheiten heimisch. Es gab gepflasterte Böden mit farbigen Mustern darauf, Weinkrüge aus rotem Ton samischer Herkunft auf den Tischen der Stammesfürsten und vielleicht eine elegante Bronzelampe in den Gemächern ihrer Frauen. Doch nichts war so schön wie der Brautbecher der Königin mit der Flamme in seinem Innern. Und noch immer waren wir ein freies Volk.

Und dann gab es, etwa sechs Jahre nach unserem Freundschaftsvertrag mit dem Kaiser in Camulodunum, den ersten Ärger.

In diesem Winter begann Ostorius Scapula, der Statthalter von Britannien, eine Grenzlinie zu ziehen. Die Römer tun gerade so, als wären wir ein Land und ein Volk, das in mehrere Sippen aufgeteilt ist. Sie verstehen nicht, daß wir ja verschiedene Volksstämme sind, und Britannien besteht nur in ihren Köpfen. Ostorius also begann damit, eine Grenzlinie zu ziehen. Sie verlief entlang einer Straße, einem Graben und einigen aneinandergereihten Festungen und erstreckte sich von den Jagdgründen der Dumnoni im äußersten Südwesten bis zu ihrer neuen großen Festung, die sie Lindum nennen und welche sich hinter den Siedlungen der Parisi befindet. Sie diente der Verteidigung gegen die angrenzenden Bergstämme, die Träger der blauen

Schilde und die Silurer, die damals noch mit Caratacus an der Spitze ihren eigenen Krieg gegen die Römer führten.

Nachdem die Begrenzung fertiggestellt war, ordnete Ostorius Scapula an, daß alle Stämme, die in der Nähe auf römischer Seite lebten, ihre Waffen abliefern müßten. Darunter waren auch wir, die Icener, die Herren der Pferde.

Den Befehl überbrachten dickwanstige Beamte, die zu ihrem Schutz von Rothelmen begleitet wurden, falls wir sie in Stücke reißen und den Hunden zum Fraß vorwerfen wollten. An dem und dem Tag sollten die Waffen zu dem und dem Ort gebracht und aufgestapelt werden, damit die Römer sie wegschaffen könnten. Und ein jeder Mann, der danach noch mit einem Schwert oder Kampfspeer ertappt würde, müsse das mit dem Tod oder Sklaverei büßen. Die dickwanstigen Beamten sagten: «Ihr braucht keine Waffen. Rom ist hier, um für Ordnung zu sorgen. Rom ist hier, um euch zu beschützen.» Und einer, der neben dem Feuer in der königlichen Burg stand, fügte hinzu: «Aus diesem Grund habt ihr euch doch vor sechs Jahren eurem Kaiser kampflos unterworfen, ist es nicht so?»

Wir hörten ihr Reden, und unser Innerstes sträubte sich heftig dagegen, wir waren doch ein freies Volk.

«Wir sind freie Verbündete Roms! Wir haben den vereinbarten Tribut entrichtet, wir haben unsere Männer zum Kriegsdienst bei den Adlerstandartenträgern geschickt. Und nach den eigenen Worten des Kaisers sind wir ein freier Staat und nicht ein erobertes Volk, wie die Catuvellauner, dem man befehlen kann, die Waffen abzuliefern.»

Das waren Prasutagus' Worte, der ebenfalls neben dem Feuer in der Festhalle stand. Er sprach mit sanfter Stimme, aber sein Gesicht war kalkweiß. Er wurde immer blaß und

54

war voll unheimlicher Ruhe, wenn er wütend war. Aber das wußten diese Beamten nicht.

«Damit wendet Ihr Euch am besten an Rom und macht die Sache mit dem Kaiser selbst ab», sagte der Dickbauch. «Bis dahin aber gilt der Befehl von Ostorius Scapula, dem Statthalter Britanniens.»

Jeder wußte, daß der Kaiser inzwischen alt war und krank und daß er von üblen Beratern umgeben war.

Prasutagus erwiderte so ruhig wie zuvor: «Ich brauche Zeit, um die Ratsversammlung einzuberufen, damit wir die Sache besprechen können.»

«Dazu habt Ihr reichlich Gelegenheit. Es ist noch ein Monat bis zur festgesetzten Frist. Sorgt aber, wenn es soweit ist, daß die Icener mit ihren Waffen am angegebenen Ort erscheinen!»

Aber kaum waren die Herren unter dem Waffengeklirr ihrer Begleitmannschaft, der Rothelme, verschwunden, kam die Kunde, daß die Sippen aus unseren Weidegebieten im Südwesten sich gegen den Befehl erhoben. Sie hatten bei den großen Befestigungswällen am High Chalk, die vor langer Zeit zum Schutz gegen die Catuvellauner angelegt worden waren, ihren Stützpunkt eingerichtet.

Es war Abend, als die Nachricht von einem müden Mann auf einem müden Pferd überbracht wurde. Man war gerade mit dem Nachtessen fertig, aber welch trübsinniges Mahl war es gewesen. Die Frauen und Männer hatten ihre Plätze im jeweiligen Teil der Halle verlassen und traten nun zueinander, wie es bei uns Brauch ist. Aber es wurde kaum geredet und gelacht wie sonst. Ich saß an meinem angestammten Platz zu Füßen der Königin. Meine Harfe war gestimmt und spielbereit. Aber ich dachte bei mir, daß es an diesem Abend wohl keine Musik geben werde. Schon vorher war es still gewesen; aber ich erinnere mich, wie nun eine noch größere Stille entstand, als von der Neuigkeit berichtet wurde. Und mittenhinein rief die Königin: «Die Wahnsinnigen! Die Wahnsinnigen! Hätten sie nicht wenigstens auf eine Nachricht aus der königlichen Festung warten können?»

Prasutagus setzte den Becher, den er in der Hand gehalten hatte, ab und erhob sich an ihrer Seite; er stand neben dem Feuer und befahl seinem Waffenträger, seine Kriegsausrüstung bereitzumachen; die Pferde sollten aufgezäumt und angeschirrt werden. Er schickte Reiter aus, die Männer der königlichen Sippe herbeizuholen.

Einer der Alten sagte: «So warte doch bis zum Morgen. Um diese Jahreszeit wird es früh hell!»

«Aber nicht früh genug! Vielleicht ist es schon zu spät; gewiß können wir uns nicht bis zum Morgen Zeit lassen.»

Boudicca war ebenfalls aufgestanden, sie blickte ihn an: «Was willst du tun?»

«Ich weiß nicht», antwortete er, «was das beste scheint. Was immer wir tun können.»

«Ich komme mit und helfe dir mit den Waffen.»

«Das ist nicht nötig. Cadog ist mein Waffenträger.»

«Und ich bin deine Frau», sprach Boudicca.

So gingen sie miteinander in das königliche Gemach.

Alles eilte geschäftig hin und her. Überall im Außenhof flammten Fackeln auf. Man hörte das Stampfen der Pferdegespanne, die unter das Joch geführt wurden, und das Zit-zit-zit, als Schwert- und Speerklingen an dem großen, schwarzen Waffenstein gewetzt wurden. Die Funken, die von einer nassen Schwertklinge wegsprühen, sind kalt und blauweiß, frostfarben schimmern sie im roten Fackellicht auf. Die Tore im Süden wurden weit geöffnet, und schon waren Prasutagus und die Krieger seines Hofes im Dunkel der Frühsommernacht verschwunden; die Hufe ihrer Pferde dröhnten auf dem erhöhten Damm. Sie ritten der Truppe entgegen, der er befohlen hatte, sich ihm unterwegs anzuschließen.

Hinter ihnen trat Ruhe ein und banges Warten.

Neun Tage harrten wir ihrer, und am neunten Tag ritten sie unter Hufgeklapper bei grellfarbenem Abendhimmel durch die steinernen Torpfosten ein. Das Gelb der untergehenden Sonne blitzte kalt und unwirklich auf ihren Waffen und dem Pferdegeschirr; doch wie Sieger sahen sie nicht aus. Es erinnerte mich an unsere Heimkehr von Camulodunum, als Prasutagus den bitteren Auftrag der Ratsversammlung ausgeführt hatte. Aber damals war er fast noch ein Knabe gewesen. Jetzt war er ein Mann, und was auch immer sich ereignet hatte, er stand dahinter, und nicht der Rat der alten Männer.

Er zügelte die Pferde und sprang vor der Türschwelle, wo Boudicca auf ihn wartete, vom Wagen. Er war verdreckt von der langen, beschwerlichen Fahrt, seine Augen rotgerändert.

Sie stellte keine Fragen, aber er antwortete, als hätte sie es getan: «Die Rothelme haben die Verteidigungslinie gestürmt. Es war alles schon vorbei, als wir hinkamen.»

«Was tatest du, mein Gebieter?»

«Ich tat, was ich konnte. Wir erreichten einen notdürftigen Frieden. Beten wir zu unsrer Göttin der Fohlen, daß er anhalte. Wenigstens sind wir noch frei.»

«Was ist mit dem Befehl des Statthalters?»

«Er gilt nach wie vor.» Große Müdigkeit schwang in seiner Stimme mit.

Es kam der erste für die Waffenablieferung bestimmte Tag. Jede Sippe brachte all ihre Kriegsausrüstung in den Hof ihres Stammesfürsten, wo die Beamten und die Rothelme warteten. Prasutagus trug sein eigenes Schwert in den Vorhof der königlichen Festung, zerbrach es über seinem Knie und legte die Teile mit scheinbarer Höflichkeit zu Füßen des Ältesten der Beamten. Das gleiche taten dann die Krieger der königlichen Sippe, einer nach dem anderen, bis der Haufen so groß und so hoch war, daß der Beamte rasch zurückweichen mußte, wenn er nicht den einen oder anderen seiner Zehen verlieren wollte. Irgendwo lachte jemand in der Versammlung.

So war es also geschehen: die Schwerter waren zerbrochen, die Speerspitzen von den Schäften gerissen und auf die wartenden Wagen geworfen. Am Abend war alles vorbei.

Ich fragte mich, ob sie wohl für die Nacht in der königlichen Festung bewirtet und untergebracht werden müßten, so wie wir es mit den Steuereinnehmern jedes Jahr gehalten hatten. Aber die Rothelme hatten, wie üblich, ihr Lager aufgebaut. Ich glaube, die Beamten fühlten sich hinter ihrem eigenen Palisadenzaun sicherer als bei uns. Und ich denke, daß sie diesmal wohl recht daran taten.

Als sie am nächsten Tag samt ihren beladenen Wagen verschwunden waren, nahm ich meine Harfe und ging fort. Ich begab mich ins Marschland, denn mein Herz war gramerfüllt, und ich brauchte die Weite und Leere, um ein Klagelied anzustimmen, das meinen Schmerz lindern würde – einen Ort, wo mir niemand lauschte, außer den Strandvögeln.

Gegen Abend saß ich am Rand eines mäandernden Flüßchens und starrte auf das Wasser, welches durch das mit Federbüscheln gekrönte Riedgras rann. Die Harfe auf meinen Knien war verstummt. Plötzlich schwankte das Schilf, Unruhe kam auf, und Prasutagus' beiden großen Hunde kamen mit hängenden Zungen ans Ufer und ließen sich neben mir nieder: «Sei gegrüßt, Bruder, sei gegrüßt Schwester», sagte ich. Da trat Prasutagus hinter ihnen hervor. Meist hielt er es wie alle seines Stammes: Er ging nie zu Fuß, wenn er reiten oder mit dem Wagen fahren konnte. Aber hin und wieder gab es für ihn düstere Augenblicke, vielleicht wenn er des Königseins müde war. Dann pfiff er seinen Hunden und nahm einen leichten Speer mit, wohl nur zum Schein, sogar sich selbst täuschte er, denn bei solchen Gelegenheiten brachte er nie eine Beute heim. Dann wanderte er so lange umher, bis er die finsteren Gedanken überwunden hatte. Jetzt sah er aus, als sei er vom einen Ende der Welt ans andere gelaufen, sei verloren im Nassen umhergeirrt. Selbst die Hunde waren erschöpft. Vielleicht, dachte ich, ging es ihm wie mir, nur, daß er nicht Harfe spielen konnte.

Er stieß einen der Hunde beiseite und setzte sich neben mich, die Arme über den Knien verschränkt. Er fragte: «Werde ich nicht begrüßt?»

«Sei gegrüßt, Bruder», sagte ich. Ein Harfenspieler behandelt alle als Gleichgestellte.

Er streckte die Hand aus und berührte das eine Ende meiner Harfe mit der Fingerspitze: «Machst du für heute abend ein neues Lied?»

Ich schüttelte den Kopf: «Heute mache ich eines nur für mich allein. Ein Klagelied über zerbrochene Schwerter.»

Eine Zeitlang blieben wir stumm. Nur die gefiederten Spitzen des Schilfs hoben sich schwankend gegen die dahintreibenden Wolken ab. Von irgendwo ertönte der klagende Ruf des Austernfischers. Prasutagus hustete ein wenig, es war ein trockener Husten. Es war kaum zu hören, aber als ich mich nach ihm umwandte, sah ich, daß er die Augen geschlossen hatte, und es kam mir vor, als sei er um den Mund herum ein wenig blaß.

«Ist etwas?» fragte ich hastig.

Er öffnete die Augen und lächelte. Und gleich war auch die Blässe verschwunden: «Nein, es ist nichts. Meine Rippen schmerzen, und einen Augenblick war mir schwarz vor Augen. Das habe ich manchmal, wenn ich den ganzen Tag auf der Jagd war, oder so.» Er kam auf unsere Unterhaltung zurück: «Ein Klagelied über zerbrochene Schwerter. Mir schien es allerdings, als hättest du gestern keine Waffe zu verlieren gehabt. Seltsam, ich hätte geschworen, daß ich einmal gesehen habe, wie du ein altes Schwert geschliffen hast.»

«Als Boudiccas Mutter und die ganze Welt und auch ich noch jung waren, besaß ich eines. Daran erinnern sich jetzt nur noch wenige. Nur wenige Harfenspieler sind Krieger, von mir hätten die Römer kein Schwert erwartet.»

«Und deshalb hast du ihnen keines gebracht», er wandte sich um und betrachtete mich, es war ein langer und prüfender Blick.

«Wie bei der Königin. Von ihr hätten sie auch keine Waffe erwartet», fuhr ich fort und fragte mich gleichzeitig, wo sie wohl die große Klinge ihres Vaters versteckt hatte. Vielleicht unter den Gewändern in ihrer Kleiderkiste. Aber nein, sie hatte sicher an etwas Besseres gedacht.

«Ich möchte gerne wissen, wie viele alte Schwerter heute unter Torfhaufen und im Dachstroh der Icener verborgen wurden», meinte Prasutagus.

«Mehr als die Römer je träumen können. Und Speerspitzen auch. Eigentlich ist kein so großer Unterschied mehr zwischen einem Kriegsspeer und einer schweren Jagdwaffe, wenn man erst einmal das Band mit den Reiherhalsfedern abgemacht hat. Sie haben nicht einmal gemerkt, daß die Frauen keine Schwerter ablieferten. Nun, sie bringen ihren Frauen auch nicht das Waffentragen für Notzeiten bei.»

«Wahr ist's. Wir sind wohl nicht so zahnlos, wie sie meinen.» Kaum hatte er das ausgesprochen, schlug er mit der Faust auf sein Knie: «Gram auf mein Haupt! Ich tröste mich selbst, als wäre ich ein Kind. Das Pferdevolk hat immer noch viele Waffen im Dunklen verborgen. Das bezweifle ich nicht. Aber bei Tage! Vor den Augen Roms, vor den Augen anderer Völker sind wir entwaffnet und entehrt! Und daran bin ich schuld!»

«Es war Ostorius Scapulas Befehl», sagte ich.

Dann schwiegen wir wieder und hörten den Wind im federigen Riedgras rascheln. Fand, die gescheckte Hündin, Tochter eines der Tiere, welche er aus seiner Heimat mitgebracht hatte, hob den Kopf und schaute ihren Herrn leise winselnd an.

«Ja, der Befehl kam von Scapula», gab Prasutagus schließlich zu. «Aber die Entscheidung, ob wir ihn befolgen oder nicht, lag bei mir. Es gab einen Augenblick, da hätte ich die Stoppelfelder in Brand setzen, das Volk zum Aufstand bringen und die Rothelme in das liebliche Land im Süden jagen können.»

«Und was ist geschehen?»

«Ich dachte nach.»

«Worüber?»

«Daß die Rothelme eine Niederlage genausowenig mögen wie unsere Stämme. Und daß sie immer von der anderen Seite des Meeres Hilfe holen können, denn es gibt ihrer so viele wie da Blätter im Wald sind, die allerdings fallen im Herbst ab und kommen im Frühjahr wieder. Ich mußte auch an abgebrannte Häuser denken und an verlassene Herdstellen, an die niemand zurückkehrt.»

«Du solltest der Harfenspieler sein, nicht ich.»

«Ich wünschte, ich wäre es», sagte Prasutagus. Er wandte mir sein Gesicht wieder ganz zu. «Es ist nicht einfach, König zu sein und zuviel zu denken. Vielleicht in einer anderen Welt. Aber in unserer sollte er sein Denken dem Harfenspieler und der Priesterschaft überlassen. Es wäre leichter zu ertragen. Dann wäre er vielleicht sogar ein besserer König.»

«Trotz der niedergebrannten Strohdächer und der verlassenen Herdfeuer?»

«Wir hätten in Ehren auf dem Kriegspfad dahingehen sollen», sagte er. Und dann: «Ich weiß es nicht, Cadwan, mein Harfenspieler. Es gibt so vieles, was ich nicht weiß.»

Der Tag neigt sich zum Sonnenuntergang

Der Winter kam. Dann regte sich in den Erlen der Frühling. Im Frühsommer brachten die Stuten ihre Fohlen zur Welt. Es war wie immer, wie es auch schon gewesen war, bevor dem Volk das Recht auf Tragen von Schwert und Speer genommen wurde. Weiterhin entrichteten wir jedes Jahr unseren Tribut an Gold, Pferden und jungen Männern.

Im königlichen Gemach wurden keine Kinder mehr geboren. Doch die beiden Prinzessinnen gediehen und wuchsen heran. Essylt hatte eine helle Haut und das Gesicht voller Sommersprossen, wie die Blüte des Fingerhuts. Sie hatte blaue Augen und war langgliedrig wie ihre Mutter. Auch sonst glich sie ihr so ziemlich in allem, innerlich und äußerlich. Nur ihr rotbraunes Haar hatte sie vom Vater, es glänzte wie das Fell einer Fuchsstute im Sonnenlicht. Nessan, die jüngere, war geboren, als die Sonnwendfeuer brannten. Nessan war einfach Nessan, einfach sie selbst. Vielleicht hatte sie etwas von einer Prinzessin des Alten Volkes, dem Kleinen Dunklen Volk, das einmal hier lebte, bevor wir kamen. Schließlich hatte es nie Eroberer gegeben, die sich nicht irgendwie mit dem Blut der Eroberten vermischt hätten. Old Nurse schwor darauf, daß dem so war, aber sie stammte ja selbst vom Dunklen Volk ab. Nessan war klein wie ein Vögelchen, sie hatte schwarzes Haar und große, regengraue Augen. Ihre Milchzähne standen schief, so daß die nachfolgenden Zähne auch nicht gerade herausgekommen waren, aber das sah man nur, wenn sie lachte. Ich liebte es, wenn sie lachte, die kleine Dunkle; genausogern lauschte ich ihrem Gesang. Sie konnte singen wie ein Vogel, der im Weißdornbusch sitzt, nicht so volltönend wie eine Amsel, aber lieblicher als ein Rotkehlchen, vielleicht wie eine Drossel.

Essylt lief immer, wenn sie den Frauengemächern entfliehen konnte, zu den Pferdestallungen, oder sie schaute dem Schmied zu, wie er einen Jagdspeer zurechthämmerte. Wenn sie Duatha, dessen Vater Anführer der Krieger am Hofe war, überreden konnte, sie mitzunehmen, begleitete sie ihn zum Marschland, um eine Fischfalle aufzustellen. Aber Nessan kam immer zu mir und meiner Harfe, sie war sehr musikalisch. Ich sagte zu ihr: «Da du nun einmal keine Kronprinzessin bist, hättest du ein Junge werden müssen, dann könntest du Harfenspieler am Hofe der Königin sein.»

In der Welt jenseits unserer Grenzen wurde Caratacus nach neun Jahre währenden Kämpfen in den westlichen Hügeln von den Römern im Triumph in Ketten abgeführt. Die Königin der Brigantes hatte ihn an die Rothelme verraten; aber das ist eine andere Geschichte.

Auch Ostorius Scapula war gegangen, und wir hatten einen neuen Statthalter, Suetonius Paulinus. Vom einen Ende des Reiches bis zum anderen rühmte man ihn als großen Krieger. Aber man sagte auch, daß er kalt sei wie der Ostwind und hart wie der Hammer.

In Rom war der alte Kaiser gestorben; einige behaupteten, er sei von der Hand seiner Frau vergiftet worden. Ein

64

neuer Kaiser herrschte an seiner Statt: Er trug die Musik in sich wie ich, war aber von dunklen Geistern besessen. Von Rom bis zu den Grenzen des Pferdevolks ist es weit, aber das Unheimliche, Düstere, das ihn umgab, begannen wir bis zu uns zu fühlen. Wir spürten es durch neue Gesetze und Vorschriften und durch die Beamten und Geldverleiher, und das nahm uns das letzte bißchen Freiheit. Seit drei Jahren fiel unsere Ernte immer wieder schlecht aus, und viele der großen Stammesführer hatten Schulden. Aber da war noch etwas, noch mehr als diese Dinge, es lastete auch noch auf anderen Volksstämmen, nicht nur auf dem Pferdevolk. Es war ein inneres Unbehagen, ein Gefühl von Furcht, ähnlich der Stille, die sich über dem Ginster ausbreitet, wenn der Schatten eines kreisenden Habichts darauf fällt.

Aber das tägliche Leben ging weiter.

Essylt war inzwischen fünfzehn Jahre alt, Nessan zwei Sommer jünger. Es war Zeit für das Brautwahlfest der Kronprinzessin. Die Feier fand also statt. Merddyn, der Eichenpriester, wurde allmählich zu alt für solche Aufgaben, er schlief nachts auf frischgegerbtem Pferdefell im Apfelgarten. Die Wahl fiel auf Duatha, Sohn des Aviragus, der die Waffengefährten des Königs leitete. Er war ein hitzköpfiger junger Kerl, bei dem die frischen Narben der Mannbarkeit noch sichtbar waren. Für Essylt und Duatha war es eine glückliche Entscheidung, denn seit den Fischfangtagen standen sie einander nahe. Manchmal dachte ich, sie seien eher wie Bruder und Schwester, als wie zwei, die einmal Mann und Frau werden sollten.

Gram komme über mein Haupt! Es scheint so lange her, und doch war es erst vor einem Jahr.

Nicht lange nach dem Brautfest kamen eines Tages römische Beamte in die Festung. Es ging nicht um Abgabeneintreibung. Es handelte sich um eine private Angelegenheit mit Prasutagus. Nachdem sie wieder gegangen waren, lief ich zu der inneren Koppel. Besonders im frühen Herbst hielt ich mich gern dort auf, wenn die Zuchtstuten mit ihren Fohlen zusammengetrieben werden und die Dämmerung wie Rauch unter den Erlen liegt und die Luft nach erstem Frost riecht. Prasutagus kam in einem neuen Wagen vorbei, den er ausprobiert hatte. Als er mich sah, zügelte er die Pferde und stieg ab. Dann liefen wir gemeinsam zur Festung, das Gespann überließ er seinem Fahrer.

«Nun, das wäre vorbei», sagte Prasutagus.

«Mit den Römern?»

«Mit den Römern.»

«Was wollten sie?»

«Ich habe mein Testament gemacht. So nennen es die Römer. Es bedeutet, daß ein Mann vor Zeugen aufschreibt, was mit seinem Besitz und seiner Rüstung geschehen soll, wenn er die Reise in das Land jenseits des Sonnenuntergangs antritt.»

«War das erforderlich?»

«Ich glaube, ja. Da mein Vater tot ist, bin ich ein reicher Mann. Meine Pferdeherden sind so groß wie die der Königin, vielleicht größer, wenn die Stuten dieses Jahr etwas zustande bringen. Ich habe nur das gemacht, was viele wohlhabende Männer heute tun. Ich habe die Hälfte meines Besitzes dem Kaiser überschrieben, in der Hoffnung, auf diese Weise seine Gunst zu erkaufen, damit mein Weib und die Mädchen die andere Hälfte in Frieden behalten können.»

66

«Du hast ja noch kein einziges graues Haar in deinem roten Schopf», warf ich rasch ein.

Und er lachte. «Vielleicht kommen noch gut zwanzig Kaiser nach Rom, bis ich die lange Reise antrete!» Dann wurde er nüchtern: «Aber die Zeiten sind unsicher, und Kaiser Nero ist nicht Kaiser Claudius. Es ist besser, für dunkle Zeiten Pläne zu schmieden, solange es noch hell ist.»

Der Rauch der abendlichen Küchenfeuer hing tief über den Dächern des Dorfes und der Festung, als wir zu der kleinen Seitenpforte kamen, die in den Waffenhof führt. Prasutagus ging stolzen Schrittes zu seinem Pferdegespann, um zu sehen, daß es gut versorgt würde. Plötzlich hielt er einen Moment inne und legte seine Hand auf einen Eckpfosten des langgezogenen Wagenschuppens, und wieder hörte ich dieses trockene Husten. Dann ging er weiter und verschwand in der zunehmenden Dunkelheit.

Gegen Ende des Winters riefen Prasutagus und seine Hausgefährten eines Tages nach ihren Pferden, pfiffen die Hunde herbei und gingen auf die Jagd.

Der Morgen war zunächst schön gewesen, aber dann kam ein Wind auf und Schneeregen. Abends kehrten sie mit einigen Stück Rotwild zurück. Sie hatten die Kadaver über die Rücken der Lasttiere gelegt. Die Männer aber waren durchnäßt, ihr Haar wirr und schlammverklebt, als hätten sie mit dem Blauhaarigen Mananon auf dem Meeresgrund gejagt.

Im Wagenhof stiegen sie von den Pferden, und Prasutagus suchte nach Fand. Sie war die Tochter der anderen, der alten Fand, und seine Lieblingshündin, wie zuvor ihre Mutter. Sie war nicht bei der Meute gewesen, da sie trächtig war und bald werfen sollte. Sonst eilte sie immer herbei, wenn er von irgendwo zurückkehrte, drängte ihre Schnauze in seine Hände und jaulte vor Freude. Aber an diesem Abend kam sie nicht. Er rief nach ihr und dann nach dem obersten der Sklaven, die die Hunde versorgten: «Baruch! Wo ist Fand?»

Der Mann trat aus der Dunkelheit vor: «Da drüben hinter dem Futterlager. Die Jungen kommen.»

«Bei diesem Wetter? Mann! Hast du nicht daran gedacht, sie irgendwo geschützt unterzubringen?»

«Sie will nicht. Und ich hab' Angst, ihr weh zu tun.»

«Stimmt etwas nicht?» fragte Prasutagus.

Der alte Sklave schüttelte den Kopf: «Bei den ersten beiden ging alles gut. Im Augenblick hat sie mit dem nächsten Jungen Schwierigkeiten.»

«Ich komme», sagte Prasutagus.

Als er nicht mit den anderen in der Halle erschien und Duatha der Königin berichtete, was geschehen war, blickte sie auf seine Gefährten, die in dampfender Kleidung vor dem Feuer standen. Dann schickte sie seinen Waffenträger los, er sollte ihn ins Warme holen, damit er sich trockne und etwas Heißes zu sich nehme. «Das dauert doch nicht lange, und dann kann er wieder zu Fand gehen», sagte sie.

Doch der Waffenträger kehrte ohne ihn zurück: «Mein Herr Prasutagus läßt ausrichten, daß er bald kommt.»

Aber es dauerte. Als er endlich kam, war das Abendessen fast vorüber. Prasutagus sah aus wie der Geist jemandes, der lange ertrunken auf dem Grund des winterlichen Meeres gelegen hat. Selbst seine Lippen waren aschfahl, seine Kleider klebten eiskalt und glitschig an ihm wie Seetang. Er trat vors Feuer und hielt seine Hände über die Flammen. Sie waren blutig und zitterten.

Boudicca trat zu ihm: «Oh, du meine Güte! Wie naß du bist! Komm jetzt und wechsle deine dreckigen Lumpen.»

«Gleich», sagte er.

Und Essylt, die dicht hinter ihrer Mutter stand, fragte: «Und was ist mit Fand?»

«Sie ist tot. Die Jungen werden durchkommen, wenn Baruch eine Amme für sie findet.» Er wandte sich vom Feuer zum Eingang des königlichen Gemachs, wo sein Waffenträger auf ihn wartete.

Er kam in einer frischen Tunika und Beinkleidern zurück. Wo er seine Haare trockengerieben hatte, standen sie wie Stacheln von seinem Kopf ab. Er begab sich wieder ans Feuer. Eigenhändig brachte ihm Boudicca Speisen und Wein vom Tisch herbei, damit er im Warmen essen könnte. Aber er nahm nur ein paar Bissen zu sich, schob den Teller beiseite und trank den Wein.

«Das ist ein freudloses Feuer heute abend», sagte er und zwang sich zu einem Grinsen. «Es sieht zwar reichlich hell aus, aber jemand muß es verwünscht haben, denn es spendet keine Wärme.»

Ich spürte an meinem Knie eine sanfte Bewegung. Als ich hinunterblickte, saß da Nessan, wie sie es oft abends tat, und schaute zu mir auf. In ihren eigenartigen regengrauen Augen schimmerte Furcht: «Ist er krank?» fragte sie halblaut.

«Er ist bis ins Mark kalt geworden, und er hat gerade seinen Lieblingshund verloren. So Epona will, wird er morgen wieder in Ordnung sein, wenn er sich heute nacht ausgeruht hat, mein kleines Vögelchen.»

Aber am nächsten Morgen ging es ihm keineswegs wieder gut. War er am Abend aschfahl gewesen, so war sein Gesicht jetzt feuerrot, und er hatte einen schwachen, quälenden Husten, der im Lauf des Tages schlimmer wurde.

«Es ist das Lungenfieber», sagte der heilkundige Priester und wiegte bedenklich sein Haupt.

«Aber er ist sehr stark!» warf Boudicca ein. «Er ist stärker als das Lungenfieber!»

Wieder schüttelte der Priester den Kopf: «Ich höre einen Widerhall in seinem Herzen, der nicht da sein sollte. Vor siebzehn Herbsten habe ich das zum ersten Mal wahrgenommen, als ich ihn abhorchte, um herauszubekommen, ob noch Leben in ihm sei.»

«Wenn er das schon so lange hat, kann es ihm jetzt auch nichts anhaben», sagte die Königin, aber Entsetzen schwang in ihrer Stimme mit.

Ein drittes Mal schüttelte der Priester den Kopf: «Wir tun alles, was in unserer Macht steht. Wir werden Opfer bringen. Aber der Tod ist ein ewiger Gefährte. Neben jedem schreitet er von Geburt an einher.»

Prasutagus lag auf der großen Bettstatt, bis oben hin in bunte Decken eingehüllt. Er versuchte zu lachen, obwohl ihm der Atem dazu nicht reichte. Er sagte den Priestern, das sei nur so ein Schmerz in seiner Brust, der mit der Zeit vergehen werde, und sie seien nichts als eine Schar schnatternder alter Weiber. Und währenddessen blies drei Tage und Nächte lang der Wind und heulte um die Königshalle, und der eiskalte Regen durchnäßte alles. In der dritten Nacht aber hörte der Regen auf, und der Wind verstummte, und in der entstandenen Stille hörte man das schwache Tropfen von Wasser. Die Luft draußen war von dem Geruch erfüllt, der ein Versprechen für den baldigen Frühling ist. Und mitten in dieser Nacht starb Prasutagus.

Boudicca und Old Nurse hatten ihn die ganze Zeit gepflegt, wie damals vor siebzehn Jahren. Zuerst wollte Boudicca nicht glauben, daß es nicht genauso wie damals sein würde. «Legt mehr Decken auf ihn», sagte sie, «wir müssen ihn warm halten, damit seine Seele zu ihm zurückkommt.»

Old Nurse klammerte sich weinend an sie und bettelte: «Komm. Komm weg. Diesmal kehrt seine Seele nicht wieder.»

Doch Boudicca lag unbeweglich auf der Bettstatt, hielt ihn in ihren Armen. Sie schien gar nicht zu merken, daß die alte Frau an ihr zerrte, und rief unaufhörlich nach mehr und immer mehr Decken, um ihn warm zu halten.

Essylt war weggeschlichen, irgendwohin, zu Duatha, glaube ich, damit er sie tröste, so gut er konnte. Ach! Die beiden Kinder! Nessan aber war zu mir gekommen, gerade bis an die Türschwelle. Ich drückte sie an mich, sie zitterte in meinen Armen: «Ich möchte nicht, daß sie ... oh, ich will nicht, daß sie ... kann keiner machen, daß sie aufhört?»

«Vielleicht kannst du es», sagte ich. «Geh und versuch es.»

Sie ging hinein, die Kleine, in das Gemach, wo die Priester mit den Reiseritualen am Bett des toten Königs begonnen hatten. Ich glaube, sie sagte kein einziges Wort. Aber ihre Arme erreichten, was Old Nurse nicht gelungen war, und bald darauf erhob sich die Königin und gestattete, daß man sie hinausgeleitete.

An die Dame Julia Procilla,
im Haus zu den Drei Walnußbäumen
in Massilia, Provinz des Südlichen Gallien.
Von Gneus Julius Agricola in Britannien.
Mit Grüßen.

Vielgeliebte Mutter. Als ich fortmußte, batest Du
mich, Dir sooft ich könnte zu schreiben. Sieh nun,
welch gehorsamer Sohn ich bin. Du hast auch Ma-
cipor gebeten, sich um mich, wie es sich für einen
guten Leibdiener geziemt, zu kümmern. Aber,
um die Wahrheit zu sagen, habe ich kaum etwas
anderes getan, als für ihn zu sorgen. Denn er be-
kam beim Ritt durch Gallien Furunkel und war
auf der Überfahrt schrecklich seekrank. Doch nun
sind wir sicher und gesund zunächst in Rhutupiae
gelandet und dann zum Reiseposten Londinium
gekommen. Morgen will ich ein paar Pferde und
Lasttiere kaufen, man sagt, der Viehmarkt hier sei
gut. Dann werde ich mich der nächsten berittenen
Truppe nach Deva anschließen, wo sich, wie ich
höre, der Statthalter derzeit befindet.
Inzwischen bin ich im Haus von Decianus
Catus, dem Provinzstatthalter, untergebracht,
das ist besser als im Logierhaus der Regierung.
Catus ist wirklich eine Seele von einem Gast-
freund. Aber ich glaube fast, nur demjenigen ge-
genüber, von dem er sich in Zukunft einen Vorteil
erhofft. Schließlich ist er ein Geschäftsmann, wenn
er auch als solcher im Dienst der Regierung steht.
Liebste Mutter, Du hast natürlich recht, es ist

nicht sehr fein, über seinen Gastgeber schlecht zu reden. Aber Du hast mich zur Aufrichtigkeit erzogen, und die Wahrheit ist, daß ich diesen Mann nicht leiden kann, und ich glaube, Vater hätte ihn auch nicht gemocht. Es ist schon eigenartig, daß mir Vater so vertraut ist, wo er doch im Sommer meiner Geburt starb. Wahrscheinlich habe ich ihn durch Dich richtig kennengelernt, Du hast mir soviel von ihm erzählt. Und weil ich mich noch nie dafür bedankt habe, tue ich es jetzt. Er war für jeden, der ihn kannte, ein Geschenk. Ich will aber wieder von Decianus Catus erzählen. Es ist wirklich freundlich von ihm, daß er mich bei sich aufgenommen hat, denn er hat im Augenblick besonders viel zu tun: Einer der hiesigen Herrscher, Prasutagus, König eines freien Staates hier im Norden, ist vor etwa einem Monat gestorben. Der Kaiser hat Befehl gegeben, seinen Staat aufzulösen und das Volk und sein Land auf die übliche Weise in die Provinzialregierung einzugliedern. Das macht er natürlich im ganzen Kaiserreich so. Ich denke, das ist mit dem Tod des Königs, der keinen Thronfolger hat, bei den Icenern nun auch angebracht. Das sagt jedenfalls Decianus Catus. Es scheint hart, aber keiner glaubt, daß es Probleme geben wird. Zum einen haben die Icener keine Waffen mehr, seit vor ein paar Jahren Widerstand aufkam, zum anderen gibt es auch keinen Führer bei ihnen. Offensichtlich aber treiben die Geldverleiher, die bei den Icenern sehr tätig waren, jetzt ihre Schulden ein, allen voran Seneca. Wie eigen-

artig, daß ein Philosoph, der die Tugenden des einfachen Lebens preist, sich mit solchen Geschäften befaßt.

Verzeih mir. Am Anfang dieses Briefes habe ich meinen Gastgeber kritisiert, jetzt ziehe ich über einen Freund von Vater her, dem ich obendrein, zumindest teilweise, meinen Posten als Volkstribun im Regierungsstab verdanke. Ich glaube, das mußt Du dem Wetter zuschreiben.

Es sind die ersten Märztage, und zu Hause blühen sicher die Mandelbäume, und die Weinreben sprießen. Aber hier merkt man noch nichts vom Frühling, zumindest sehe ich mit meinen an die südlichen Gefilde gewohnten Augen nichts davon. Ich muß zugeben, vor lauter Regen und Wind haben wir auf dem ganzen Weg von Rhutupiae wenig wahrgenommen. So kenne ich außer dieser kleinen Stadt fast nichts. Eigentlich ist es hier wie in einer schäbigen Vorstadt, es fehlt noch am Nötigsten. Nun, kein Gebäude, keine Einrichtung ist älter als achtzehn Jahre, selbst das Armeelager. In so kurzer Zeit kann man nicht allzuviel erwarten. Aber es tut sich doch so manches. Unter der Brücke herrscht reger Schiffsverkehr. So denke ich, daß es genügend annehmbare Weinläden hier gibt.

Während ich schreibe, zeigt sich ein Eckchen blauen Himmels hinter dem Dach des glänzenden neuen Tempels, auf den alle so stolz sind. Ich glaube, ich gehe einmal los und schaue mich ein wenig um.

74

Das Erwachen der Königin

Die Totenfeuer brannten also für König Prasutagus.
Seine Asche wurde im Königlichen Haus des Schlafes beigesetzt. Sein Schild (die Römer hatten uns die Schilde gelassen) und sein bester Wolfsspeer, der wie zum Kampf mit einem Band stolzer, blauschwarzer Reiherfedern verziert war, wurden ihm mit auf die Reise gegeben. Aber kein Schwert; nicht einmal für seinen König hatte das Pferdevolk eines übrig. Bei Prasutagus' Tod war Neumond gewesen, er wurde voll, verschwand in der Dunkelheit und nahm wieder zu.

Boudicca stand die ganze Zeit wie unter einem Bann. Erdbewohner aus früher Zeit, wie das Dunkle Volk, konnten Menschen so behexen. Sie handelte, wie es sich für eine Priesterkönigin gehört, als hätte sie es ihr Leben lang getan. Sie lief beherrscht und aufrecht in der Festung umher, als trage sie jetzt immer den schweren Mondkopfschmuck auf ihrem Haupt. Sie saß am Beratungsfeuer, hörte zu und antwortete, wenn man sie ansprach. Sie aß sogar ein bißchen, wenn sie beim Nachtmahl auf ihrem Thron saß. Aber wenn man sie anschaute, war ihr Blick leer, und die Wärme und Lebendigkeit, die sie sonst ausgestrahlt hatte, waren verschwunden. Old Nurse und die anderen Frauen taten, was sie konnten, um die beiden Mädchen zu trösten. Vielleicht trugen auch Duatha und ich auf unsere Weise ein wenig dazu bei. Es war, als sei Boudicca, ihre Mutter, gar nicht anwesend, als hätte sie ihr Äußeres dagelassen, damit es für sie spreche und sich bewege; ihr wahres Selbst aber habe sich zu Prasutagus ins Grab gelegt, zusammen mit seinem Schild und Speer. Und als nun der Neumond wieder zunahm, fragte ich mich, und damit war ich wohl nicht der einzige, ob sie je wieder aufwachen werde.

Und bei Vollmond, welches die Zeit der Getreidesaat ist, kamen die Römer.

Wir waren an die Besuche der Abgabeneintreiber und ihresgleichen gewöhnt, aber dieses Mal war es anders. Decianus, der Provinzstatthalter, kam persönlich. Bis dahin war er für uns nur irgendein Name gewesen, ein gieriger Schatten. Er war von Beamten begleitet, nie zuvor hatten wir so viele davon an einem Ort auf einmal gesehen. Sie hatten ein Gefolge von mehr als zweihundert Rothelmen.

Die Kunde von ihrem Kommen hatte uns lange im voraus auf die übliche Weise erreicht. Wir feierten aber gerade das Fest der Mondgaben. Jede Frau schenkt ihrer Familie etwas Getreide und Stutenmilch. Die Königin aber gibt davon ihrem ganzen Volk. Als die Römer ankamen, war sie deshalb gerade unterwegs, so daß sie in der Halle warten mußten. Die Rothelme waren aufmarschiert und standen im Vorhof, auf ihre Speere gestützt. Sie mochten es gar nicht zu warten. Man sah, wie sie ihren Ärger nur mühsam hinter ihrer römischen Gelassenheit verbargen.

Aber bald trat die Königin mit den Prinzessinnen im Gefolge herein; das Mondzeichen trug sie noch auf der Stirn. Für uns ist das Mondzeichen von großer Bedeutung, es ist wunderschön. Zwischen den Augenbrauen sind drei

Blätter gemalt, die einer Irisblüte gleichen. Aber die Römer blickten spöttisch darauf, als sei es der plumpe Scherz eines Kindes. Ohne sie zu begrüßen, sagte der Statthalter: «Hat dir dein Volk nicht ausgerichtet, daß ich in der Halle bin? Ich bin vielbeschäftigt und kann es nicht leiden, wenn man mich warten läßt.»

«Man hat es mir mitgeteilt», erwiderte Boudicca, «aber auch die Herrin mag es nicht, wenn sie sich gedulden muß.»

Sie nahm den Gästebecher von Essylt und reichte ihn dem Statthalter: «Trinkt und seid willkommen.»

Nachdem er den Becher geleert hatte, ließ sie sich auf dem Thron nieder, und ich setzte mich, wie immer, ihr zu Füßen. Das ist das Gute am Harfenspielerdasein, wenn man gerade keine Musik macht, wird man so wenig wie ein Hund unterm Tisch beachtet. Nun wurden mit Decken belegte Stühle und noch mehr Wein für den Statthalter und seine Beamten gebracht.

Ein Mann, der aus dem Britannischen ins Römische und umgekehrt übertragen sollte, stand bereit. Aber man bedurfte seiner kaum, denn der Statthalter beherrschte die Sprache der einzelnen Stämme oberflächlich, und auch wir hatten im Lauf der Jahre etwas vom Lateinischen gelernt.

Decianus nahm von einem jungen Mann neben sich eine Rolle und reichte sie Boudicca.

Die Königin öffnete sie und warf einen Blick darauf, ließ sie wieder zusammenrollen und gab sie dem Statthalter zurück: «Ich beherrsche Eure Sprache ein wenig, aber, wenn sie niedergeschrieben ist, kann ich es nicht verstehen. Ich bitte Euch, sagt mir, was die Worte bedeuten.»

Der Statthalter entrollte das Papier. Aber seine Augen

glitten nicht über die Zeilen. Ich konnte genau sehen, daß er den Text auswendig kannte. Und was da geschrieben stand, gefiel ihm außerordentlich. Er achtete aber darauf, daß man ihm nichts anmerkte, und machte ein ernstes, wichtiges Gesicht.

«Hohe Frau, die Schrift besagt: Da Euer Gemahl Prasutagus nun tot ist und keine Söhne hinterläßt, die die königliche Linie fortsetzen, hat der Göttliche Kaiser Nero beschlossen, daß der freie Staat, über den er bislang regierte, nun aufgehoben werde. Damit wird das Volk und das Land der Icener in der Provinz Britannien derselben Regierungsform unterworfen wie jeder andere Teil des Kaiserreichs. Er bittet Euch, seinen Willen in dieser Angelegenheit anzunehmen und den Befehlen der Offiziere, die zu seiner Ausführung gekommen sind, zu gehorchen.»

Er sprach laut und klar, so daß auch die Gefährten am unteren Ende der Halle ihn verstanden. Ich sah eine plötzliche Bewegung in ihren Reihen, Köpfe, die hier und da hochgereckt wurden, spürte, daß mancher den Atem anhielt. Einen Augenblick glaubte ich, seine Worte hätten die Königin aber nicht erreicht. Dann sprach sie, und ihre Stimme klang fast träumerisch: «Ich bin die Königin. Neben mir stehen meine Töchter. Die Linie der königlichen Familie bleibt fortbestehen.»

Der Statthalter lächelte. Kleine, weiße Zähne hatte er, sehr ebenmäßige Zähne. Aber er schien zu viele davon in seinem Mund zu haben: «Was das anbelangt, muß ich Euch sagen, das Kaiserreich berücksichtigt keine Königinnen, nur Könige!»

Langsam stand Boudicca auf, verächtlich schaute sie mit ihrem leeren Blick auf ihn herunter; einen klügeren Mann

78

hätte sie vielleicht erschreckt: «Ich denke, das kaiserliche Rom sollte *diese* Königin sehr wohl berücksichtigen!»

«Drohungen von denen, die keine Macht besitzen, haben einen hohlen Klang.» Der Statthalter tippte auf die Schriftrolle: «Das ist noch nicht alles. Wollt Ihr es hören?»

«Ich möchte sehr wohl. Damit ich über alles unterrichtet bin, was das Volk des Pferdes erwartet.»

«Aber nein. Dies betrifft nicht das Volk, nur Euch und Eure Töchter.»

Ich sah, wie hinter ihr die Prinzessinnen näher zusammenrückten.

«Ich bin sicher, Ihr wißt, daß Euer verstorbener Ehegemahl in seinem Testament den Göttlichen Kaiser zum Erben seines persönlichen Besitzes ernannt hat.»

«Der Hälfte seines Besitzes», sagte die Königin.

«Ach richtig. Der Kaiser hegt keinen Zweifel, daß dies ein Versehen war. Ihr und Eure Töchter werdet genug, mehr als genug aus eigenem Recht haben, selbst wenn Ihr Eure Juwelen verkaufen müßtet, wenn es nötig sein sollte, damit Ihr in Frieden leben könnt, wie das von jetzt an der Fall sein wird. Wenn dem nicht so wäre, würde Euch der Kaiser gewiß mit einer kleinen Pension versorgen. Aber gerade jetzt hat er äußerst wenig Geld. Man muß für die Bürger eine ganze Menge Circusse für die Kampfspiele zu ihrem Vergnügen errichten, damit sie zufrieden bleiben, und diese Circusse sind teuer. Der Göttliche Kaiser ist überzeugt, daß Euer verstorbener Ehegemahl ihm aus Versehen nur die Hälfte seines Vermögens vermacht hat.» Sein Grinsen wurde noch breiter und enthüllte noch mehr Zähne: «Statt nun deshalb beleidigt zu sein, hat der Kaiser beschlossen, seine Vergeßlichkeit zu übergehen, seine Absicht als Tat

anzusehen und das Ganze anzunehmen. Ich bin beauf-
tragt, alle Angelegenheiten, die das Eintreiben seines Erbes
betreffen, zu beaufsichtigen.»

Boudicca schaute ihn immer noch an. Dann sagte sie
kühl, fast sanft: «Eure Mutter muß am Tage Eurer Geburt
vor Scham geweint haben.»

Er zuckte zurück, als hätte ihn das äußerste Ende einer
Peitsche gestreift. Aber er wahrte seine glatte, höfliche
Haltung, und einen Augenblick schwang leichter Spott in
seiner Stimme mit: «Ach, ich erflehe Eure Barmherzigkeit,
meine Dame! Bedenkt, daß ich nur der Statthalter bin, der
die Befehle des Kaisers ausführt.»

«Das tue ich», erwiderte Boudicca, «es ist nicht schwer,
das zu bedenken, kleiner Mann. Der Reichtum meines
Eheherrn bestand vor allem in Pferden und Vieh, wie es bei
unserem Volk üblich ist. Zuchtstuten, halbwilde Fohlen
und noch nicht zugerittene Hengste. Habt Ihr denn genug
Viehtreiber, die mit einem solchen Vermächtnis umgehen
können?»

«Sie müssen nicht alle auf einmal in den Süden gebracht
werden, und fürs erste könnten ein paar Viehsklaven, die
etwas Geld dafür bekommen …»

«Unsere Herden werden nur von freien Männern aus
dem Volk versorgt.»

Er machte eine ungeduldige Handbewegung: «Das ist
doch alles nebensächlich, darüber verhandeln wir ein anderes Mal.»

«Gewiß», sagte die Königin, «aber dasjenige, welches in
der Schriftrolle des Kaisers an erster Stelle steht, das ist
nicht nebensächlich.»

Währenddessen dachte ich die ganze Zeit: «Dieses Wesen von traumverlorener Ruhe, das ist nicht Boudicca.»

Ich war von schrecklicher Ahnung wie erstarrt. Was weiter folgte, bekam ich nicht mit, bis der Statthalter und seine Beamten sich erhoben.

Decianus Catus sagte: «Inzwischen ist es Zeit zum Nachtmahl. Laßt Speise, Öl und Wein für die Begleitmannschaft bringen und bittet Eure Sklaven, uns die Schlafplätze zu zeigen, damit wir vor dem Essen den Straßenstaub abwaschen können.»

«Eure Gefolgsmannschaft wird etwas bekommen», sagte Boudicca. «Wo gedenkt Ihr mit Euren Kameraden zu essen?»

«Die Festhalle Eures Gemahls wird für uns gut genug sein.»

«Wie Ihr wünscht, meine Töchter und ich werden in den Frauengemächern speisen.»

«Aber nein! Sollen wir ohne die Gesellschaft von Frauen essen? Das ist nur ein halber Schmaus! Wo bleibt Eure britannische Gastfreundschaft? Vielleicht lassen sich die Dinge, von denen wir redeten, seien sie nun belanglos oder nicht, beim Nachtmahl ruhiger verhandeln.»

«Ist das auch ein Befehl?»

«Auch das!»

«Vom Göttlichen Kaiser?»

«Nein, von mir, Frau Boudicca.»

Sie schaute ihn durchdringend an: «Ihr habt keine Angst?»

«An Eurem Tisch zu essen? Mit mehr als zwei Hundertschaften von Legionären vor der Tür? Mit der Macht des Kaiserreiches hinter mir, das es gar nicht mag, wenn seine Gesandten in abgelegenen Winkeln seines Reiches umgebracht werden, und das ihren Tod nicht ungerächt läßt? Ihr seid nicht dumm, Frau. Sicher denkt Ihr an niedergebrannte Strohdächer, versalzene Felder und Menschen, die als Sklaven verkauft werden. Nein, Frau, ich fürchte mich nicht. Ich freue mich auf einen angenehmen Abend mit Euch und Euren äußerst hübschen Töchtern.»

Also erteilte Boudicca die notwendigen Befehle, und als der Statthalter und seine Beamten in Begleitung von Sklaven, die sie bedienen sollten, zu den Gästehütten gegangen waren, begab sie sich wie eine Traumwandlerin in das königliche Gemach. Die Prinzessinnen folgten dicht hinter ihr. Ich sah, wie Nessan die Hand ihrer Schwester suchte, und Essylt packte sie mit festem Griff. Ich glaube, es war das erste Mal seit ihrer Kindheit, daß sie Hand in Hand gingen. Ich hockte mich ans Feuer. Boudicca würde schon wissen, wo ich mich befand, wenn sie mich brauchte. So war es auch. Es dauerte nicht lange, und eine der Frauen kam herbei: «Beeile dich, die Königin wünscht dich zu sehen.»

Als ich das königliche Gemach betrat, stand Boudicca in der Mitte und preßte ihre geballten Fäuste gegen die Schläfen, als wollte sie ihren Kopf vorm Zerspringen bewahren. Ihre Frauen und die Prinzessinnen drückten sich an die Wände und beobachteten sie mit aschfahlen Gesichtern. «Er hat mich in seiner Gewalt», sagte sie, «und er weiß es. Möge er einen langsamen Tod sterben. Möge er lebendigen Leibes zuschauen müssen, wie das Fleisch von seinen Knochen fault!»

Sie hatte ihr Haar heruntergerissen, es hing nach vorn und verbarg ihr Gesicht. Aber ich wußte, jetzt war sie aus ihrem langen Schlaf erwacht.

82

Old Nurse sprach: «Ihr wißt, daß ich gewisse Fähigkeiten habe. Vom Dunklen Volk. Ich kann Euch etwas Pulver geben, für sein Essen. Aber für alle die anderen kann ich es nicht so schnell herbeischaffen.»

«Kein Gift», warf Boudicca ein. «Vielleicht komme ich eines Tages zu dir, wegen deiner Fähigkeiten. Aber das wird dann für mich sein, nicht für den Statthalter Decianus Catus.»

«Es wäre gut, wenn er sterben würde», meinte Old Nurse.

«Es wäre gut! Doch nicht für das Pferdevolk. Wenigstens jetzt noch nicht.»

«Woran denkt Ihr denn?» wollte eine der Frauen wissen.

«An verbrannte Strohdächer und versalzene Felder und an Männer, die als Sklaven verkauft werden. Ich brauche Zeit zum Nachdenken.» Sie wandte sich um, warf ihr Haar zurück und sah mich an: «Ich brauche Zeit, um über vieles nachzudenken, um sicher zu sein, daß, wenn wir kämpfen, es nicht vergeblich ist. Cadwan, geh zu den Gefährten, ich sah ihre Gesichter, als sie an der Tür standen. Sag ihnen, sie sollen keine versteckten Waffen zum Essen mitbringen. Aber ach, wann hat das schon jemals Unruhe verhindert? Schließlich brauchen die Männer zum Essen ihre Messer ... Sag ihnen, dieser Abend muß in scheinbarem Frieden verlaufen. Es darf nichts geschehen, was das Stroh in Flammen setzt, bevor die Königin nicht Zeit hatte, einen Entschluß zu fassen.»

Ich zögerte auf der Schwelle, ich dachte, sie hätte noch einen Auftrag für mich, aber sie wandte sich schon den Frauen zu.

«Old Nurse, bring mir die goldene Halskette mit dem Karneol und meine Armreifen und auch den Schmuck der

Prinzessinnen. Caer, hole du mein purpurrotes Gewand und die Schachtel mit den Augenfarben.»

Alle starrten sie mit offenem Mund an. Da stieß sie ein wildes Gelächter aus: «Er will uns erniedrigen! Deshalb zwingt er uns, mit ihm zu speisen. Er wird schon sehen, ob er es so weit treiben kann, daß er die königlichen Frauen beleidigt!»

Damit ging sie zu der Kleidertruhe, aus der die Frau das schwere, purpurrote Gewand geholt hatte, das sie gerade ausschüttelte. Boudicca nahm nun selbst aus den zusammengelegten Stößen von Gewändern und Umhängen ein Bündel, das in feinstgewobenes karmesinrotes Tuch gehüllt war. Alle im Raum schienen den Atem anzuhalten. Nur bei den wichtigsten Anlässen und für die ehrenvollsten Gäste wurde der grüne Becher mit dem Feuer in seinem Innern hervorgeholt. Essylt schrie auf: «Mutter! Nein!»

Die Königin stürzte sich wie eine Wildkatze auf sie, da zuckte Essylt zurück. «Du dummes kleines Ding! Ich würde den Becher mit meiner eigenen Hand zu Boden schmettern, bevor er ihn auch nur mit einem Finger berührt!» Dann wandte sie sich Rhun zu: «Old Nurse! Nimm du den Schmuck. Wir wissen nicht, wie dieser römische Besuch enden wird. So bringe dies alles in Sicherheit neben dem Schwert meines Vaters, bis unser Haus von diesem Wolfsrudel wieder befreit ist.»

Ich merkte, daß sie mir nichts mehr zu sagen hatte und begab mich zu den Gefährten.

Tod auf dem Tanzboden

Als es nun dunkel war, kamen die römischen Beamten und der Befehlshaber ihrer Begleitmannschaft gewaschen und in frischer Kleidung zurück, um in der Festhalle zu speisen. Boudicca trat mit den Prinzessinnen und ihren Frauen zu ihnen.

Es schien, als flackerten die Feuer auf den Herdstellen zu ihrer Begrüßung hoch. Groß und stolz schritt sie in ihrem purpurroten Gewand einher. An den Armen und um den Hals trug sie den königlichen Goldschmuck. Ihre Augen waren mit der malachitgrünen Farbe geschminkt, die sie sonst kaum benützte. Ihre Gesichtsknochen zeichneten sich hart und wohlgeformt ab (sie war inzwischen wieder schmal geworden). Hinter ihr blickte Essylt trotzig unter ihrem lodernden roten Haar hervor. Und die kleine Nessan – keiner außer mir merkte wohl, daß sie Angst hatte – preßte die Lippen zusammen wie ein Junge, der zu seinem Mannbarkeitsfest geht.

Der Statthalter und seine Beamten hatten ihre Plätze neben den Gefährten auf der Männerseite der Halle angewiesen bekommen. Die Königin begrüßte sie und wäre wohl vorbeigegangen zu ihrem Thron, der auf der Frauenseite für sie bereitgestellt war. Aber Decianus Catus erhob sich vom Tisch der Männer und streckte seine Hand aus: «Sollen wir über die Feuer hinweg bis ans andere Ende der

Halle einander zuschreien? Nun das ist nichts für einen angenehmen Abend.»

«Es ist bei uns Sitte, daß Männer und Frauen nicht zusammen essen», sagte Boudicca.

«Aber heute abend wollen wir uns an römischen Brauch halten. Dann können wir über vieles reden und uns an unserem Beisammensein erfreuen.»

Er schien den Menschen, der noch vor kurzem mit niedergebrannten Strohdächern und versalzten Feldern gedroht hatte, abgelegt zu haben. Aber nur die äußere Erscheinung hatte sich geändert. Der Mann selbst war nach wie vor da. Boudicca hieß die Sklaven Tischgestelle, Hocker und Bänke herbeischaffen und auf dem Tanzboden zwischen den beiden Feuern aufbauen.

Nachdem das getan war, setzten sich die Königin und die Prinzessinnen, die römischen Beamten und der Befehlshaber der Begleitmannschaft dort zusammen. Die übrigen Krieger und die Frauen nahmen ihre gewohnten Plätze entlang der Halle ein. Die Küchensklaven brachten riesige Bronzekessel mit Rindfleisch, Gerstenkuchen und große Krüge mit griechischem Wein.

«Hätten wir von unseren Gästen vorher gewußt, wäre Euch Wildschweinbraten und in Honig gebackener Dachs vorgesetzt worden», sprach die Königin. «Dies ist einfache Kost. Aber der Wein wenigstens ist dem kaiserlichen Rom angemessen.» Sie machte dem jungen Cerdic, der Prasutagus' Mundschenk gewesen, ein Zeichen, den großen Bronzebecher mit dem Silberrand zu bringen. Sie setzte ihn an ihre Lippen, ich weiß nicht, vielleicht aus Höflichkeit, oder aber zum Zeichen, daß sein Inhalt nicht vergiftet war, und bat, ihn dem Statthalter weiterzureichen.

So nahm das Mahl seinen Lauf. Von allen Seiten der Festhalle belauerten wir die Gruppe an dem Behelfstisch zwischen den Feuern. Wie schön die Königin im Schein der Fackeln aussah, wie eine der Herrscherinnen aus den ältesten und unergründlichsten Sagen unseres Volkes. Ich merkte, ich war nicht der einzige, der so dachte, denn die Augen des Statthalters ruhten oft auf ihr. Über den Rand des großen bronzenen Weinbechers blickte er sie an. Und es war kein Spott, als er sagte: «Wenn dies bedauerliche Geschäft erledigt ist, müßt Ihr Euer Barbarenleben aufgeben und zu uns nach Camulodunum kommen.»

Ich konnte ihn genau verstehen, denn an den Seitentischen wurde kaum geredet. Ich sah das Feuer unter ihren Augenlidern aufblitzen, aber sie erwiderte nur: «Ich dachte, Euer Wohnort sei Londinium.»

«Ich bin dort nur in Geschäften», gab er zurück. «Londinium ist ein rauher Ort, das Zentrum der Provinz; aber in Wirklichkeit nichts weiter als ein großer sich ausbreitender Handelsposten. Camulodunum wird allmählich eine feine Stadt. Es gibt dort einen herrlichen Tempel, der dem göttlichen Claudius geweiht ist, einen Circus und ein Theater. Es haben sich in der Stadt schon so viele Römer niedergelassen, daß sie schon beinahe ein kleines Rom geworden ist. Da ist das Leben schon recht angenehm und bequem. Ein Häuschen in einer der schönen Vorstädte – Ihr wäret nicht die erste Frau, die am römischen Leben Gefallen findet. Ich versichere Euch», dabei beugte er sich nach vorne, «Ihr hättet keine Schwierigkeiten, Ehemänner für Eure Töchter zu finden.»

Da ist etwas Wahres dran, dachte ich, als ich sah, mit welch glühenden und begierigen Augen der Befehlshaber

Prinzessin Essylt den ganzen Abend schon anstarrte; aber ich bezweifelte, daß es ihm ums Heiraten ging.

Der junge Duatha saß neben mir auf der Bank, ich spürte eine plötzliche Bewegung, die Blicke, die er umherwandern ließ; aber seine beiden Hände waren auf dem Tisch, und ein Messer hielt er nicht in ihnen.

Boudicca sagte: «Nun, vielleicht werde ich nach Camulodunum kommen – eines Tages. Bis dahin aber bin ich die Königin der Icener. Und mein Platz ist bei meinem Volk.»

Bevor er ihr antworten konnte, vernahm man plötzlich von irgendwo draußen im Dunklen entferntes Lärmen, Stimmen, häßliches Gelächter, den protestierenden Schrei einer Frau. Die Hunde stürzten mit gesträubten Haaren unter den Tischen hervor, Männer sprangen auf und blickten zur Tür. Aber der Eingang war von Rothelmen besetzt. Und in diesem Augenblick hörte man ganz klar durch das Stimmengewirr das Brüllen verschreckten Viehs.

Die Blicke der Königin wanderten vom Statthalter zur Tür und wieder zurück: «Was geschieht da draußen Schreckliches?»

Er blieb lässig auf seinem Stuhl zurückgelehnt sitzen, spielte dabei an dem Weinbecher herum und schaute sie mit seinem Lächeln an, das so viele Zähne entblößte: «Ich glaube, das Gerstenbier, welches Ihr der Gefolgsmannschaft auftischen ließt, war stärker als der mit Wasser verdünnte Wein, an den sie gewöhnt sind. Vielleicht ist es das, oder sie haben das Vorratslager entdeckt. Es gibt also keinen Grund zu großer Aufregung.»

«Keinen Grund? Eine Frau hat geschrien – und Vieh wird weggetrieben!»

Schon vor einer Weile hatten sich die Frauen erhoben,

auch die Prinzessinnen. Sie trugen die langhalsigen Weinkrüge herum. Das ist bei unserem Stamm so Sitte, wenn die Männer mit dem Essen fertig sind. In diesem Augenblick füllte Essylt gerade den Becher des Befehlshabers. Sie blickte wie alle anderen nach der Tür. Die heißen und gierigen Augen des Mannes gafften sie immer noch an. Er streckte die Hand aus, sein Arm war schwer bestückt mit Soldatenschmuck, er wollte ihr Handgelenk berühren. «Hab keine Angst, meine Feuerblume, solange ich da bin, soll dir kein Haar gekrümmt werden», und seine Finger wanderten weiter ihren Arm hinauf.

Sie versuchte, ihn wegzuziehen. Gleich streifte er nicht mehr wie zufällig ihre Haut, sondern hielt Essylt mit festem Griff, dem sie sich nicht entziehen konnte. Sie wand und sträubte sich einen Moment lang, dann stand sie starr und unbewegt: «Loslassen!»

Schon war die Königin auf den Füßen. In diesem Augenblick sah sie größer aus als jeder einzelne Mann im Raum: «Laßt sie los! Herr Befehlshaber!»

Er begann zu lachen, zog die Prinzessin näher an sich: «Frau! Ihr solltet nicht so hübsche Töchter in die Welt setzen, wenn Ihr nicht wollt, daß sie bewundert werden!»

Essylt versuchte, ihm den Weinkrug ins Gesicht zu schleudern, aber er packte sie beim anderen Handgelenk und zog sie, immer noch lachend, halb über seine Knie: «Schöne Prinzessin! Hübsches Weib!»

Der Weinkrug fiel krachend auf den Tanzboden, rollte darüber hinweg und hinterließ dabei eine rote Spur.

Die Königin rief etwas mit schriller, wütender Stimme. Ich habe nie erfahren, was es war. Und dann schien alles gleichzeitig zu geschehen. Der Befehlshaber lachte noch immer, da sprang Duatha neben mir mit einem Satz über den Tisch, und ich sah den Schein der Fackel in seiner Klinge aufblitzen; die Waffe schien wie von selbst vom Gürtel in seine Hand gerutscht zu sein. Der Befehlshaber flog nach hinten von seinem Stuhl, das Lachen erstarb in seiner Kehle, aus der Blut hervorquoll. Es sah aus, als hätte sich in seinem Hals ein zweiter Mund geöffnet. Die Königstochter, deren Gewand vorne mit Blut und Wein befleckt war, riß sich los. Männer sprangen auf und packten die Königin. Einer der Rothelme am Eingang schrie den anderen in der Dunkelheit zu: «Mord!» Unsere Männer griffen nach den Messern, mit denen sie gerade erst das Fleisch zerteilt hatten, und warfen sich auf die, welche die Königin umringten. Ich riß mein Messer aus dem Gürtel und eilte zu Nessan. Sie drückte sich gegen einen der hohen Dachträger. Gerade noch konnte ich sie hinter meinen Rücken schieben, als schon die Rothelme, mit ihren Kurzschwertern bewaffnet, in die Halle stürzten.

Ich hieb nach dem ersten, aber er fing den Stoß mit seinem Schild ab und schlug mir den dicken, bronzenen Knauf ins Gesicht. Unsere Krieger wurden von allen Seiten bedrängt. Als einzige Waffe gegen die tödlichen Kurzschwerter und Kurzschilde hatten sie ihre Messer. Ich nahm das Brüllen und Trampeln wahr, die schreienden Gesichter und die riesige rote und bronzene Woge, die über uns hereinzubrechen schien. Doch vor lauter Blut war ich fast blind. Ein heftiger Schlag traf mich an der Schläfe. Noch einmal wurde ich getroffen, und ich stürzte auf die Knie. Das letzte, was ich hörte, war das Schreien von Nessan, dann wurde es dunkel um mich.

Da war ein ausgefranstes Loch in der Dunkelheit, wie ein Riß in einem Mantel sah es aus. Ich sah und hörte etwas wie in einem schrecklichen Traum, wenn man sich weder bewegen noch schreien kann. Man hatte eine Frau mit den Händen überm Kopf an einem hohen Dachbalken aufgehängt, ihr Rücken war mir zugewandt. Ihr Kleid war bis unter die Gürtellinie weggerissen, so daß ihr Rücken nackt war. Ihr leuchtendes Haar quoll über ihre Schultern, es war ganz verschmiert und blutbesudelt, und ein Ungeheuer in Mannsgestalt mit bronzenen Schuppen stand schräg hinter ihr und hielt hocherhoben einen Rebstecken. Und ich sah, wie er sie damit schlug, wieder und immer wieder. Bei jedem Hieb zuckte sie zusammen, die bebenden Muskeln von Rücken und Schultern stachen verzerrt hervor; blutige Striemen erschienen auf ihrer Haut. Sie schrie nicht unter seinen Schlägen, aber ein dumpfes, schreckliches Heulen kam von ihr. Und ich wußte, daß es die Königin war. Das Ungeheuer mit den bronzenen Schuppen hielt einen Moment inne und schaute grinsend zu jemandem, den ich nicht sehen konnte. Ich hörte die Stimme des Statthalters: «Noch zehn Schläge, denke ich. Ja, noch zehn Schläge, die sollten das Feuer in ihr wohl auslöschen.»

Rings um mich lagen tote Männer. Andere standen, man hatte ihnen die Hände auf den Rücken gebunden, aus ihren Wunden rann Blut. Und irgendwo schrie immer noch ein Mädchen, es war wie das schreckliche, schrille Schreien eines verwundeten Hasen, das nicht aufhörte.

Ich versuchte, mich aufzurichten, um etwas zu tun, irgend etwas. Aber die Welt drehte sich und verschwamm vor meinen Augen, und wieder nahm mich die Dunkelheit auf.

Die dunkle Königin

Allmählich wandelte sich die Dunkelheit in einen grauen Nebelschleier. Ich trieb durch den Dunst nach oben, und je höher ich kam, desto schlimmer wurden die Schmerzen in meinem Kopf, und die Bedrohung von etwas sehr Schrecklichem kam immer näher. So wollte ich lieber wieder in das Nichts der Finsternis versinken, aber das führte nur dazu, daß ich immer mehr an die Oberfläche gelangte, und der graue Nebel lichtete sich. Ich lag auf einem Haufen Farn an meinem angestammten Platz in einem der Seitenschiffe der Halle. In meinem Kopf schien ein Waffenschmied zu hämmern. Ich betastete meine eine Hand, um herauszufinden, was da nicht stimmte, ich fühlte Stoffetzen und trockenes, verkrustetes Blut. Da brach die Erinnerung an die vergangene Nacht wie eine Woge über mich herein, und ich schrie auf, aber ich glaube nicht, daß es wegen der Schmerzen in meinem Kopf war.

In der Dunkelheit bewegte sich etwas, die alte Rhun hockte sich neben mich und zog meine Hand weg: «Laß es», sagte sie. «Laß es, sonst fängt es wieder an zu bluten; es gibt heute schon genug Tote in der Königshalle, und du sollst nicht auch noch dazugehören.»

Ich konnte nur mit einem Auge sehen, und als ich versuchte, mit meinen aufgeplatzten und geschwollenen Lippen zu sprechen, schien meine Zunge aus Holz zu sein und wollte meinem Willen nicht gehorchen. Sie sah es, nahm einen Becher und hielt ihn an meinen Mund. Ich spuckte ein paar zerschlagene Zähne aus und trank von dem klaren Wasser. Mühsam brachte ich ein Krächzen hervor, es sollte eine Frage sein – viele Fragen.

«Die Beamten und die Rothelme sind fort», sagte Old Nurse mit weinerlicher Stimme. «Sie haben die Festung geplündert, die Ställe ausgeräumt und das Vieh von den Weidegründen fortgetrieben. Sie haben Freie und Sklaven gleicherweise verschleppt, mit Seilen um den Hals. Die jungen Hündchen in den Zwingern haben sie aufge-spießt.» Aber ich wußte, daß sie mir nur von den harmlose-ren Dingen erzählte und daß es noch mehr gab, und Schlimmeres.

Meine Zunge gehorchte mir wieder, auch drängte sich mir die Erinnerung an dieses schreckliche ausgefranste Loch in der Dunkelheit der vergangenen Nacht erneut auf. Es ge-lang mir, ein paar Worte herauszubringen: «Boudicca ... haben sie ...?»

«Sie haben der Königin die Kleider vom Leib gerissen und sie ausgepeitscht wie eine Dirne, die beim Stehlen erwischt wird.»

«Und die Prinzessinnen?»

Die alte Frau krümmte sich wie unter einem unerträg-lichen Schmerz. Sie schien um hundert Jahre gealtert, seit-dem ich sie zum letzten Mal im königlichen Gemach gese-hen hatte. «Sie benützten die Prinzessinnen, wie, wie Män-ner gefangene Frauen im Krieg benützen. Ach! Ach! Nie mehr werden sie Jungfrauen sein, es sei denn, der Mond steht still am Himmel! Ich wollte ihnen einen Schlaftrunk geben, nur einen kleinen, damit sich die Erinnerung an

93

das, was die Soldaten ihnen antaten, verdunkelt. Ach! Sie sind doch noch Kinder! Aber ihre Mutter ließ es nicht zu. Sie müssen neben ihr stehen, sie ist gnadenlos ihnen gegenüber, gegen sich selbst und alles, was lebt, und ich kann nichts tun.»

Mühsam stützte ich mich auf meinen Ellbogen: «Wo sind sie?»

«Draußen im Vorhof, wo sich die Krieger versammeln. Nein, nein, bleib ruhig liegen, du kannst doch nichts tun.»

Sie klammerte sich an mich, aber ich schüttelte sie ab. Unter großer Anstrengung gelang es mir schließlich, auf die Beine zu kommen. Die Welt um mich herum verschwamm und schwankte. Vor mir lagen zerbrochene Bänke und Tischgestelle, ein beißender Geruch hing in der Luft. Alles um mich drehte sich, und ein Wandbehang, an dem ich Halt suchte, riß ab, von oben bis unten war er versengt. Schließlich taumelte ich hinaus in die Haupthalle. Zuerst konnte ich mir nicht erklären, warum es hier so taghell war, es herrschte ein klares wechselndes Licht wie an einem Frühlingstag, wenn der Wind vom Meer herweht. Aber dann erkannte ich den Grund: Der vorderste Teil des Daches war heruntergebrochen, es hing in zerfledderten Fledermausflügeln aus verkohltem Stroh und rußgeschwärzten Balken herunter. Überall roch es verbrannt, das reizte Hals und Augen. Es hatte also auch Feuer gegeben, nicht nur Blut, bevor das Werk der vergangenen Nacht vollendet war. Am Saalende lagen tote Männer und Frauen, sauber aneinandergereiht. Es waren mehr als zwanzig. Man hatte sie von da, wo sie gefallen waren, hierhergebracht und ordentlich aufgebahrt, wie es sich geziemt. Jeder trug als Kriegsbemalung seine Todeswunde.

Fast wäre ich der Länge nach über den ersten gestolpert, es war der junge Duatha. Ich erkannte ihn an seinen schlanken, braunen Händen, es waren noch die eines Knaben, ein Daumennagel war schwarz, vor zwei Monden hatte er ihn im Wagengeschirr eingeklemmt. Seinem Gesicht nach hätte man nicht einmal ahnen können, wer es war, so schrecklich hatte man ihn entstellt – wohl mit etwas Schwerem, vielleicht mit dem Rand eines Schildes, den man wieder und wieder hineingestoßen hatte. Den Befehlshaber der Begleitmannschaft konnte ich nirgends entdecken, auch keinen anderen gefallenen Römer. Sicher hatten sie ihre Toten mitgenommen.

«Was ist mit den anderen von uns, die hier nicht liegen?»

«Als Sklaven verschleppt. Sagte ich es nicht schon? Dich ließen sie, glaube ich, hier, weil sie dich für tot hielten. Paß auf, gleich fällst du um. Komm zurück und lege dich nieder.»

«Aber du? Dich haben sie nicht für tot gehalten?» fragte ich ungeschickt. In meinem Kopf verwirrte sich alles, ich mußte das Durcheinander richten und Klarheit haben.

«Ich floh und versteckte mich. Ich, und auch noch andere, die meisten von meinem Volk. Wir rannten weg, als wir wußten, daß nichts mehr zu retten war. Nun können wir der Königin mehr nützen als die toten Krieger.» Weinend blieb sie hinter mir zurück.

Noch immer klopfte der Hammer in meinem Kopf. Aber der Boden unter mir schwankte nicht mehr, als ich durch die Halle stolperte. Ich bahnte mir den Weg durch die überall verstreute Asche der Herdfeuer und die umgeworfenen Bänke. Einer der mit Ockerfarben bemalten Schädel war vom Dachbalken darüber auf den Tanzboden gefallen.

Er lag da zwischen Blut- und Weinflecken und grinste mich an. Ich stieß mit meinem Fuß an etwas Rundes. Es war eine Bernsteinperle von der Halskette der Königin. Halbverborgen zwischen einem umgekippten Tisch und dem Kadaver eines Hundes lag etwas, und ich erkannte die bronzene Schnalle auf dem weißen Stutenfell. Ich beugte mich hinunter, das Blut dröhnte wie ein heranstürmendes Pferdegespann in meinem Kopf. Ich schob den toten Hund beiseite und zog den Sack mit meiner Harfe hervor. Jetzt, wo ich mich daran erinnere, scheint es mir eigenartig, aber damals dachte ich an nichts anderes. Ich öffnete den Sack und nahm meine Harfe heraus. Man war darauf herumgetrampelt, die Saiten waren gerissen, ein Horn war gelockert, aber ich wußte, das alles könnte ich wieder instand setzen. Und ein paar Herzschläge lang schien mir dieser Moment etwas ganz Außerordentliches in all dieser schrecklichen, roten Verwüstung, ich hatte meine Harfe wieder. Das war so wunderbar, wie wenn sich plötzlich inmitten des stinkenden, schmutzigen Hofes eines Pferdeschlächters funkelnd eine Blüte öffnet.

Der Augenblick verging, und damit wurde auch mein Kopf wieder klarer. Ich lief mit meiner zerbrochenen Harfe durch die Vorhalle, die nun kein Dach mehr hatte, in den Waffenhof der Festung.

Man sah, daß es hier gebrannt hatte, und es roch auch danach. Und wie Old Nurse gesagt hatte, versammelten sich die Krieger. Es waren Männer der königlichen Sippe von außerhalb gelegenen Siedlungen. Jeder trug ein Schwert, das lange versteckt gewesen war, oder einen schnell hergerichteten Kriegsspeer. Auf einer Seite standen die Frauen, die Gesichter hatten sie mit ihren Mänteln bedeckt. Sie waren gekommen, um bei der Königin zu sein, und wegen der Totenklage für die verstorbenen Krieger, deren eigene Frauen in der Festung umgekommen waren und nicht für sie wehklagen konnten.

Mitten unter den Kämpfern, neben der schwarzen Säule des Waffensteins, befand sich die Königin. Man hatte ihr den Umhang eines Toten über ihr zerrissenes Gewand gelegt. Der königliche Goldschmuck war von ihrem Hals und den Armen verschwunden, statt dessen trug sie das große Schwert ihres Vaters. Man hatte es von dort, wo es all die Jahre gelegen hatte, ans Tageslicht gebracht. Sie hielt es nicht wie ein Mann, sondern drückte es an sich wie eine Mutter ihr Kind. Hinter ihr waren die beiden Prinzessinnen, aber ich konnte sie nicht anschauen. Gram komme über mein Haupt, ich konnte es nicht. Vor allem Nessan nicht. Feigling, der ich bin.

Als ich auf Boudicca zutaumelte, erhob einer der Krieger gerade seine Stimme. Die Menge teilte sich und ließ mich durch.

«Wir können ihnen den Weg abschneiden, bevor sie die Grenze erreichen.»

Boudicca schrie ihn an: «Und dann? Wenn wir das tun, kommen noch mehr, immer mehr von ihnen. So viele wie die Wildenten im Winter. Und das, bevor wir uns ihnen entgegenstellen können.»

«Sie kommen in jedem Falle.»

So ging ihr Geschrei hin und her. Wenn der eine aufhörte, machte der andere weiter, wie Hunde, die Wild aufgespürt haben.

«Und was sollen wir deiner Meinung nach tun? Ruhig bleiben und zuschauen, wie sie das Vieh wegtreiben und die letzten unsrer jungen Männer mit sich schleppen und uns das Dach überm Kopf anzünden?»

«Würdest du keine Rache üben für das, was letzte Nacht hier geschehen ist?»

Die Königin schaute ringsum alle an. Und obwohl sie kein Wort sagte, verebbte der Lärm allmählich.

Als alle schwiegen, begann sie hastig und leidenschaftlich zu sprechen: «Hierbleiben und warten? Sogar das werden wir tun, wenn es sein muß. Bis der richtige Augenblick zum Kampf gekommen ist.» An ihrem Mundwinkel sah man noch getrocknetes Blut, und die verschmierte Augenfarbe vom Vorabend leuchtete bläulich aus ihrem grauweißen Gesicht. «Dies ist schwerwiegender als ein Viehraub! Es schreit nach Rache! Tagsüber, wenn man alles sieht, werden wir alles ertragen, um die notwendige Zeit für unsere Vorbereitungen zu gewinnen. In der Dunkelheit aber, beim Schwinden des Tageslichts, werden wir auf den alten, geheimen Wegen Boten aussenden, nicht nur zum gesamten Pferdevolk, sondern auch zu den Stämmen jenseits unserer Grenzen, zu allen, die unter den Taten der Rothelme gelitten haben und jetzt unter ihrem Joch leben müssen. Wir bitten ihre Ältesten und die Heerführer zu uns, wir wollen uns am Beratungsfeuer zusammensetzen. Sie sollen auch ihre Waffen aus dem Stroh und den Torfhaufen holen, damit wir für die Zeit des Tötens gewappnet sind.»

Hinter ihr seufzte jemand, plötzliche Bewegung entstand, und die Kronprinzessin glitt zu Boden. Nessan blieb ganz ruhig stehen, mit einer Hand suchte sie Halt an dem Waffenstein. Ihre Augen waren weit aufgerissen und wie blind, ihr Mund stand ein wenig offen, als versuchte sie, mehr Luft zu bekommen. Aber noch stand sie. Sie hatte mehr Kraft in sich, als ich geglaubt hätte, die kleine Dunkle. Die Frauen hoben Essylt, die zusammengekrümmt am Boden lag, hoch und trugen sie weg. Die Königin drehte sich nicht einmal um.

«Wann wird es soweit sein?» rief einer.

Boudicca hob das Schwert höher und drückte es an ihr Herz. «Bald, recht bald. Nach so langem Schlaf dürstet das Schwert meines Vaters nach Blut.»

«Wieviel Zeit wird vergehen, bis sein Durst und der unserer aller Schwerter gestillt wird?» bohrte der Mann hartnäckig weiter.

«Zwei Monde, vielleicht drei, mehr nicht. Wie du weißt, ist der Statthalter von Britannien weit weg im Westen. Er bereitet den Krieg gegen die Priesterschaft in ihrer Festung auf Môn vor. Unser Heer muß für den Feldzug gerüstet sein, bevor er Zeit hat, seine Adlerbanner wieder gegen uns hier im Osten zu hetzen. Krieger, könnt ihr drei Monde warten?»

Ein Schrei lief durch die Reihen des königlichen Stammes, und jeder schlug das Schwert oder die Speerklinge als Schlachtgruß krachend gegen seinen Schild. «Wir können drei Monde warten. Drei Monde, Boudicca! Obwohl unsere Waffen immer durstiger werden!»

Und Meradoc, das Großmaul, der über alles seine Scherze machte, rief: «Dann bleiben uns immer noch zwei Monde, um die Rothelme ins Meer zurückzujagen und rechtzeitig zur Ernte zu Hause zu sein!»

Die Königin schaute ihn an. Sie stand so ruhig da wie der Waffenstein hinter ihr, nur ihr Haar bewegte sich seitlich im leichten Seewind, während der hitzige Lärm wieder anhob und dann verstummte. Ich hatte das Gefühl, sie lausche auf etwas, etwas, das sonst keiner hören konnte, vielleicht war es weit weg. Vielleicht war es ganz tief in ihr selbst. Als sie wieder sprach, hatte sie eine kalte, dröhnende Stimme, mir sträubten sich die Haare im Nacken. «In diesem Jahr wird es keine Ernte auf den Feldern des Pferdevolkes geben. Wir werden auch nicht säen, obwohl jetzt die Zeit dafür ist. Dies sagt die Allmutter, die Herrin über das Getreide und die Fohlen. Die Äcker des Pferdevolkes sind durch das Ereignis von gestern entweiht und werden erst wieder Früchte tragen, wenn in ihren Furchen römisches Blut vergossen wurde, um ihnen das zu geben, was ihnen genommen, und das zu reinigen, was beschmutzt wurde.»

Aus der Menge kam dumpfes Gemurmel, es schwang Besorgnis darin mit. Schließlich fragte einer: «Herrin, was empfiehlt die Allmutter für unsere Mägen, wenn es zur Erntezeit kein Korn gibt?»

«Dummköpfe!» erwiderte die Königin. «Wir werden satt von den Vorratskammern der Rothelme und den großen Getreidespeichern im Süden.» Und mit einer weiten Geste entließ sie alle: «Geht jetzt! Zu einem anderen Zeitpunkt werden wir mehr, viel mehr über alles reden.»

Die Versammlung löste sich auf. Die Männer holten ihre angebundenen Pferde, die Frauen begaben sich mit Nessan in ihrer Mitte zu ihren Gemächern. Ich ging nicht mit den anderen. Die Königin war im Schatten des Waffensteins unbeweglich stehengeblieben. Ihre Augen ruhten auf mir. Was sie befahlen, war so klar, als hätte sie gesprochen. Ich trat zu ihr, sie reichte mir ihre Hand, das Schwert ihres Vaters hielt sie immer noch in der anderen, sie sagte: «Cadwan, mein Harfenspieler, es ist gut, daß die Rothelme glaubten, du seist tot, und noch besser ist, daß sie sich täuschten; denn was sollte ich ohne meinen Harfenspieler tun?» Sie sah den übel zugerichteten Sack über meiner Schulter: «Deine Harfe ist nicht so beschädigt, daß man sie nicht mehr instand setzen könnte?»

Ich antwortete: «Nein. Wenn ich das Pferdehaar für neue Saiten bekomme, wird sie so schön und leidenschaftlich wie immer tönen.»

«Ich denke, es gibt immer noch genug Pferde auf unseren Weiden», sagte sie, und weiter: «Du hast mir einmal ein großes Lied versprochen, ein Lied von den Siegen der Königin. Ich fühle, die Zeit, daß du dein Versprechen erfüllen kannst, ist nahe.»

Jetzt sprach sie mit sanfter Stimme, fast wie die Boudicca, die ich von jeher kannte. Ich sah ihre Augen, sie waren wieder wach, aber nicht Boudicca blickte einen an, keinesfalls die Boudicca, wie ich sie in Erinnerung hatte. Sie waren blau, wie immer. Aber das Blau war nur an der Oberfläche, als ob sich der Himmel darin spiegelte. Wenn man jetzt hineinschaute, war es, als blicke man in einen dunklen Wald, wo fürchterliche und unheimliche Dinge zwischen den Bäumen lauern. Wieder sträubte sich mir das Haar im Nacken. Eine schlimmere Angst als je zuvor packte mich. Aber nach dem ersten Schrecken fand ich eine einfache Erklärung für alles, was geschehen war. Wie eine Münze zwei Seiten hat, die doch beide zum selben Stück gehören, so ist es auch mit der Allmutter: So wie sie im Leben alle Dinge gibt, nimmt sie sie im Tod auch wieder. Sie lebt in der Liebe von Mann und Frau und dem Kind, das daraus geboren wird; sie ist im Getreide, das zur Ernte heranreift, und sie wirkt auch im Saatkorn, das Blut in den Furchen fordert, bevor es aufgeht; sie ist in dem Falken, welcher auf einen im hohen Grase kauernden Hasen niederstößt, und sie ist im Krieg und im Tod der Menschen. In allem Lebendigen befindet sie sich, sogar in der Königin der Icener, die ihr göttliches Wesen auf Erden verkörpert.

So war es wohl immer noch Boudicca, die aus diesen Augen sprach, aber die andere Seite von ihr, welche ich noch nicht kannte. Die dunkle Mondseite.

Die ganze Luft schien von Jammern erfüllt. Vielleicht waren es die Frauen bei der Totenklage.

Ich sagte: «Ich werde dir ein Lied von den Siegen der Königin machen.»

Ich fürchtete mich jetzt nicht mehr. Oh, aber der Gram beugte mich, und ich wußte, das Lied mußte ein düsteres werden, ersonnen für eine dunkle Königin, gleich, wie das Ende sein würde.

Das Kriegsheer

Das ganze Frühjahr und bis in den Sommer hinein waren die Rothelme und die Geldeintreiber an allen Ecken und Enden des Landes, wie Sumpffieber, wie Wolfsrudel in einem Hungerjahr. Man sagt, die ersten Römer seien von einer Wölfin genährt worden. Der Statthalter kehrte nicht noch einmal zurück; aber seine Befehle kamen von Londinium nach Norden, und seine Männer gingen überall ihren räuberischen Geschäften nach. Sie holten die gesamten Rinder- und Schafherden von Prasutagus, und nicht nur das, denn kurz darauf nahmen sie auch die der Königin mit. Selbst die Reichtümer der Stammesführer und Edlen, ihr Gold, ihre Herden und ihre Pferdegespanne rissen sie an sich. Wie wir wußten, sollten damit Neros Amphitheater bezahlt werden. Freie Männer und Frauen trieben sie auf die Sklavenmärkte. Sie sagten, das sei die Strafe für den Mord an dem römischen Gesandten. Brennende Strohdächer und niedergemachte Gehöfte markierten den Weg der Rothelme, sie waren ein Zeichen dafür, daß jemand gewagt hatte, sich ihnen entgegenzustellen. Überall hörte man das Brüllen von Vieh, herrschten Elend und Verwüstung. Die einzigen, denen es gutging, waren die Aaskrähen. Und die großartigen Beamten in ihren purpurgesäumten Mänteln prahlten überall, daß ihnen befohlen sei, einen freien Staat mit Gewalt zu einem Teil der römischen Provinz zu machen. Zwischen den Füßen dieser hohen Herren liefen die Vertreter der Geldverleiher geschäftig hin und her wie Mistkäfer. Sie forderten von den Menschen frühere Schulden ein, aber die hatten nichts mehr, außer ihrem Herzblut und einem alten Schwert, das im Stroh versteckt war.

Einer kam in die zerstörte Festhalle zu Boudicca. Sie trug einen goldenen Armreif, der den Plünderern aus der Begleitmannschaft des Statthalters entgangen war. Sie zog ihn ab und warf ihn vor seine Füße und schrie ihn an: «Nimm dies als Pfand! Alles andere fordere vom Prokurator oder vom Kaiser selbst, wenn er es nicht schon für seine Schaustücke mit wilden Tieren ausgegeben hat!»

Der Mann sah ihre Augen und was aus ihnen sprach, befahl seinem Schreiber, den Reif aufzuheben, und ging. Er schwor wegen des übrigen wiederzukommen, aber seine Stimme zitterte ein wenig.

Nun ließen die Römer Boudicca in Ruhe. Sie glaubten, die Festung sei jetzt mehr oder weniger unbrauchbar und die Frauen der Königsfamilie seien ihrer Würde beraubt und das genüge. Nur hier und da kam ein Spähtrupp vorbei, es war, als zählte sie nicht mehr. Damit machten sie aber einen Fehler, es war eine unglückliche Entscheidung.

Denn in der Dunkelheit, im Unsichtbaren, auf alten Geheimwegen, versunkenen Fahrstraßen, zugewachsenen Waldpfaden, auf Flüßchen, die sich durchs Marschland schlängeln, zogen die Boten los, ganz wie die Königin es gesagt hatte. Und auf dieselbe Weise kamen die Kriegs- und die Stammesführer herbei. Sie begaben sich jedoch nicht zur Festung, wo die Königin nach wie vor in den notdürftig wiederhergestellten Ruinen lebte. Damit kein

Römer das Kommen und Gehen bemerkte, versammelten sie sich auf bestimmten Lichtungen im Wald, wo sich die Priester aufhielten. Andere kamen zu einer gewissen Insel im Moor, die von Schilf und Erlen umsäumt war und aussah wie viele andere, doch diese war im Innern von neun alten Dornbüschen umringt.

Dort traf sich Boudicca mit ihnen. Ich ging meistens mit. Denn wo die Königin sich hinbegibt, ist auch ihr Harfenspieler dabei, damit er alles sieht und hört, was er in seinem Lied an die noch Ungeborenen des Stammes weitergeben muß. Wir ritten durch ein schmales Stück Wald und hinunter zu den mit Leder bespannten Booten, die zwischen dem Schilf lagen. Die Königin hatte sich gegen die feuchte Kälte des Nebels in einen alten Wolfsfellmantel gehüllt. Kein Geräusch war zu hören, nur dann und wann das verhaltene Plätschern und Glucksen des Wassers zwischen dem Riedgras, und irgendwo im Dunkeln schlug eine Rohrdommel. Schließlich kamen wir zu der Insel, bahnten uns einen Weg durch das Schilf und Erlengebüsch, vorbei an den Zelten aus schwarzen Pferdehäuten, die außerhalb der Weißdornbüsche aufgeschlagen waren. In der Mitte des Kreises brannte ein Feuer, denn bei einer Ratsversammlung muß es Licht geben, damit man das Gesicht des Mannes, der spricht, sieht. Es war ein Feuer aus Treibholz von der Meeresküste. Das würde nicht zu sehr von den kalten blauen Geisterflammen abstechen, die man oft über diesen Schilfgürteln und Wassergräben sieht. Um das Feuer saßen die Stammesführer und warteten. Der Nebel fing den Feuerschein ein und verursachte einen silbrigen Rauch, der ihre Köpfe umwehte. Er stieg auch über dem Haupt der Königin auf, wenn sie ihre Kapuze zurückschlug. Aber das Flammenlicht konnte ihre Augen wohl nicht erreichen.

Als erste waren die Stammesführer von unseren eigenen Weidegründen an der Reihe: «Ich kann dreihundert Männer bringen, die Hälfte besitzt ein Schwert, die übrigen Speere.» – «Ich bringe zwanzig mal sechs Leute für den Feldzug auf und vierzehn Wagengespanne, jeder Wagenlenker hat einen Kämpfer neben sich.» – «Ich habe vierhundert und eine Handvoll junger Tapferer, die sich im Wald versteckt halten, um den Rothelmen aus dem Weg zu sein, sie warten, bis ich sie rufe, doch haben die meisten keine Waffen, außer Jagdspeeren und Schleudern.»

Dann folgten die Stammesführer aus entlegeneren Gebieten, an ihrer Spitze die Häuptlinge der Trinovantes. Schon viele Jahre litten sie unter der Sklaverei, sie lechzten nach römischem Blut. Vortrix, genannt der Bär, sprach für die übrigen: «Achtzehn Jahre, achtzehn Jahre lang sind wir von den Römern als erobertes Volk behandelt worden. Ihr erinnert Euch, Boudicca, die königliche Festung Dun Camulus gehörte uns, bis die Catuvellauner dort ihren Hauptsitz errichteten, die Römer haben sie zerstört, gleich neben einer römischen Stadt, für die sie sogar den Namen gestohlen haben. Dort gibt es römische Bäder, Theater und Circusse und einen großartigen Tempel zu Ehren ihres Kaisers Claudius. Und in diesem Tempel müssen wir, die Stammesführer und Edlen der Trinovantes, mit unseren Frauen immer wieder diesem Kaisergott, der nicht der unsere ist, als Priester und Priesterinnen dienen. Und deshalb wenden sich unsere Götter von uns ab. Wahrlich, so sind die großen Männer und feinen Damen in Rom! Für die Feste im Tempel und die Aufführungen im Theater und die Spiele im Circus müssen wir aus unseren eigenen, immer leerer werdenden Truhen bezahlen, wann immer unsere Herren diese Vergnügungen wünschen. Zu gleicher Zeit wird uns unser Land genommen und römischen Siedlern gegeben, und die Geringeren unseres Volkes müssen für diese Siedler arbeiten, die alle Rothelme sind und jeden, der nicht ihresgleichen ist, als Sklaven behandeln.»

«Diese Geschichten kennen wir alle», sagte die Königin, nachdem er lange genug gebrummelt hatte wie sein Namensvetter, der Bär. «Sag mir lieber, welche Kampfstärke du aufbringen kannst.»

Er nannte die Zahl an Reitern, Fußvolk mit Speeren, und Wagengespannen. Der Eichenpriester führte Buch und schrieb alles auf seine entrindeten Weidenhölzer. Als das getan war, sagte Vortrix: «Es gibt noch etwas, womit wir die Kampfstärke des Heeres steigern können, doch kann man das nicht auf dem Kerbholz festhalten.»

«Was sollte das sein?» fragte die Königin.

«Auch in der Stadt gibt es Männer und Frauen, die keine Freunde Roms sind. Sie können von bösen Vorzeichen berichten, unselige Gerüchte verbreiten und in den Köpfen der Leute Verwirrung stiften.»

Die Königin lächelte: «Schon ein paar solcher Männer innerhalb einer feindlichen Festung können viele Wagengespanne vor den Toren aufwiegen. Wir wollen ein andermal mehr darüber reden.»

Es kamen Stammesführer von den Coritanern, westlich von uns im Landesinnern, und ebenso Leute von den Cornovi, deren Weideland wiederum westlich davon, in Richtung auf die hohen Hügel, liegt. Die Wagenherren der Parisi waren dabei, und die Prinzen der Brigantes auf der anderen Seite der alten Grenze des Ostorius Scapula, die Träger der blauen Schilde, die Stolzesten der Stolzen.

Auch die Anführer der Catuvellauner versprachen Truppen. Ja, es ist wahr, Kämpfer der Kriegskatzen sollten kommen, die sich selbst immer als Weltherrscher bezeichnet hatten, bevor die Römer auftraten! Boudicca blickte sie an, als sie vor ihr standen. Wir alle erinnerten uns an die einstige Bedrohung, an Überfälle und wie sie den König, ihren Vater erschlugen, und an den Freundschaftseid auf Rom, den wir geschworen hatten, damit das Joch um ihren Hals noch fester angezogen würde. Die Catuvellauner und die Brigantes schauten einander an und dachten an Caratacus, der bei der brigantinischen Königin Schutz gesucht und den sie den Römern zum Geschenk gemacht hatte.

So viele Erinnerungen gingen den Männern durch die Köpfe. Und ich dachte bei mir: Diese beiden haben eine schöne Spazierfahrt vor sich. Ich sah Boudicca in ihrem Umhang aus Wolfsfell, mit dem Schwert ihres Vaters in der Hand, der bläuliche Feuerschein schimmerte in ihrem Haar, ihre Augen aber erreichte er nicht. Ich dachte: «Nun, wenn einer der rechte Lenker ist, der mit ihnen umgehen kann, dann ist es sie.»

Es war ein ständiges Kommen und Gehen; nachts brannten die Beratungsfeuer. Von einem Wachposten zum anderen und von einem Reiter zum nächsten wurde allen Stämmen die Nachricht überbracht, daß Suetonius Paulinus, der Statthalter, sich mit seinen Truppen an der fernen Westküste befinde und daß er vor dem Angriff auf Môn stehe. Wir mußten losschlagen, bevor er seinen Kampf beendete und wieder freie Hand hatte. Doch mußten wir möglichst lange in den Sommer hinein warten, bis das Gras hoch genug war für die Pferde, für so viele Pferde auf einmal. Der Aufstand mußte rasch vor sich gehen, und nur wenig Zeit durfte auf das Zusammenziehen der Truppen verwendet werden, damit unsere Feinde erst möglichst kurz vor dem, was auf sie zukam, gewarnt würden.

Nun wurde die Art der Kriegsführung ausgearbeitet. Zunächst hatte alles im geheimen vor sich zu gehen, und dann mußte schnell gehandelt werden, wenn es soweit war. In der Zwischenzeit kam der Brachvogel vom Marschland herüber, um sein Nest auf höhergelegenem Grund zu bauen, junge Lämmer wurden geboren, die Stuten brachten ihre Fohlen zur Welt, der Weißdorn erblühte und ließ seine Blütenblätter vom Wind davontragen. Die Männer gingen mit Pfeil und Bogen im Marschland auf Vogeljagd und erlegten den Reiher, um mit seinen Schwanzfedern die lange verborgen gehaltenen Speere aufzuputzen. Alte Schwerter wurden aus ihren Verstecken hervorgeholt, und wahrhaftig, auch meines war darunter. In geheimen Lichtungen der Eichenwälder, wo die besten Pferde schon hingebracht worden waren und auch die hervorragendsten unter den Kriegern sich aufhielten, flickten die Huf- und die Waffenschmiede alte Schwerter und Speere und machten neue. Es wurden auch Kampfwagen gebaut. Jagdwagen verstärkte man mit gefleckten Ochsenfellen, die man an den Seiten aus Weidengeflecht festband; auch richtete man die großen Karren für die Ausrüstung und die Frauen und Kinder her, die man nicht zurücklassen konnte. Die Römer machten das schon, aber wir nicht. Noch nie waren wir in einen solchen Kampf gezogen, dieses Mal würden wir sie brauchen.

Über dem ganzen Land des Pferdevolkes, so schien mir,

lag ein Zittern in der Luft. Ja, in der Erde war ein dumpfes Murmeln, ein bedrohliches Summen, wie von einem Bienenschwarm in der Ferne. Tagsüber stolzierten die Rothelme überall herum, aber sie hörten das Getöne unter ihren Füßen nicht. Auch die Felder, die noch braun und brach dalagen und jetzt doch vom Grün der sprießenden Gerste hätten bedeckt sein müssen, öffneten ihnen die Augen nicht. Sie dachten, ihre räuberischen Verwüstungen wären schuld daran, daß wir die Saatzeit verpaßt hatten. Nicht mehr.

Ich fertigte für mein Schwert eine neue Scheide aus Wolfsfell an. Als das getan war, flickte ich meine Harfe und zog andere Saiten auf und machte einen Sack aus gut gegerbtem Stutenfell. An manchen Abenden kam Nessan nach den Speerwurfübungen zu mir und überließ ihrer Schwester das Polieren der Klingen. Ich war dabei, den zerbrochenen Rahmen mit viel Geduld und Liebe wieder in seine Form zu bringen, und drehte das Pferdehaar für neue Saiten. Aber Nessan sang nie mehr, und als die Flickarbeit vorbei war, erlaubte ich ihr, an den Saiten zu zupfen, (niemanden sonst, nicht einmal ihre Mutter würde ich sie berühren lassen), aber sie schüttelte den Kopf: «In mir ist keine Musik mehr. Ich hab' sie mit allem anderen verloren. Jetzt ist es vorbei mit dem Harfenspieler einer Königin sein.»

Mir blutete das Herz. Ich hätte meine eigene Gesangskunst hergeben mögen, wenn ich dafür den Mann hätte erwürgen können, der die ihre ausgelöscht hatte! Ich riß an dem gedrehten Pferdehaar, das ich hielt, und schnitt mich in die Hand, so daß Blut in einem dünnen Faden hervortrat.

Das war in einem Monat mitten im Sommer, wenn die Nächte kürzer werden und das Licht nach Sonnenuntergang im Norden noch verweilt, wie das Echo in einer Meeresmuschel, bis es wieder in den Sonnenaufgang übergeht. Vor Sonnwend geschahen drei Dinge auf einmal. Die Beobachter im Westen meldeten, daß Suetonius den Sieg auf der Insel Môn errungen hatte und dabei sei, sein Feldlager jenseits der Berge abzubrechen, und daß er seine Legionen zu der Hauptfestung, die sie Glevum nennen, marschieren lasse. Das war das eine, und das andere: Jedes Jahr waren die Rothelme gekommen, um tapfere junge Männer für ihre Hilfstruppen einzuziehen, nun waren sie wieder da. Gerade so wie letztes Jahr oder das Jahr davor. Aber diesmal wollten sie mehr Soldaten, weil wir nun Teil der Provinz waren und nicht mehr ein freier Staat.

Aber wir brauchten sie für etwas anderes. Inzwischen war das Gras hoch genug, um den Cran-Tara, den Kriegsruf, auszusenden.

Der Haselbusch wurde gefällt und so viele Äste, wie wir brauchten, davon abgeschnitten. Jedes Ende wurde im Feuer geschwärzt. Gleichzeitig brachte man eine schwarze Ziege zum Schlachten an den Eingang der Festhalle, wo die Königin mit einem langen Messer in der Hand stand. In der Klinge fing und mischte sich die rote Farbe des Feuers mit dem Weiß des jungen Mondes. Zwei Männer zogen die Ziege an den Hörnern herbei, und sie blökte jämmerlich, denn sie ahnte ihren nahen Tod. Aber als sie ganz dicht vor Boudicca war, beugte sich diese nach vorn und legte ihre freie Hand auf die Stirn zwischen die Hörner, sprach mit sanfter Stimme auf sie ein und blickte ihr in die Augen; da verstummte das Tier. Boudicca schnitt ihm die Kehle durch. Blut spritzte über ihre Hand, sie schaute darauf und lächelte, zum ersten Mal seit vielen Monaten sah ich sie lächeln. Sie strich mit der Hand über ihre Stirn, eine breite dunkle Spur blieb zurück, sie berührte auch ihre Wangen und sogar die Lippen mit ihren Fingern. Während die Ziege noch zuckend dalag, nahm Boudicca die Haselruten und tauchte eine nach der anderen in das Loch in der Kehle und reichte sie an die Männer weiter, die darauf warteten.

So ging das Cran-Tara zu Ende. Es ist der Aufruf zum Töten durch Feuer und Schwert.

In dieser Nacht kam jeder Römer auf icenischem Gebiet um. Das würde uns ein paar Tage Ruhe geben. Und noch bevor die Römer jenseits unserer Grenzen sich zu wundern begannen oder daran dachten, Erkundigungen einzuholen, gab es für uns keinen Grund mehr, uns ruhig zu verhalten.

Noch vor Morgengrauen waren die ersten der in der Nähe liegenden Truppen da.

Drei Tage dauerte es, bis das ganze Heer versammelt war. Die Krieger kamen zu Fuß, zu Pferd und hinter ihnen die Wagengespanne; zusätzliche Rosse, die noch nicht eingeritten waren, führten sie mit, ja sogar Stuten waren dabei, deren Fohlen man getötet hatte, damit man die ausgewachsenen Pferde mit in den Krieg nehmen könnte. Die Männer trugen ihre alten Waffen oder hatten neue, die man eilends in den Waldlichtungen geschmiedet hatte. Stirn und Wangen waren schon mit Kriegsmustern in Rot und Gelb bemalt. Sogar Frauen kamen mit und Knaben, die noch nicht das Alter der Mannbarkeit erreicht hatten; sie trugen die schwersten Jagdspeere ihrer Väter.

Die königliche Festung wurde zum Zentrum eines riesigen Lagers; die Pferde grasten, bewacht, überall ringsum. Der Rauch von Hunderten von Kochfeuern stieg in die

Abendluft. Die Männer brachten ihre Waffen zu dem großen schwarzen Wetzstein im Waffenhof, um die Klingen zu schleifen – aber eigentlich waren die schon so scharf, daß es dessen nicht mehr bedurfte. In der Abenddämmerung, als das Licht der Kochfeuer sich von Rot zu Gold aufhellte, begannen die jungen Tapferen mit den Kriegertänzen. Sie wirbelten und sprangen herum und duckten sich im Takt zu ihren eigenen Füßen und dem Klirren von Speer und Schild und dem pulsierenden Klopfen der Trommeln aus Wolfsfell. Und an geheimen Plätzen im Wald feierten die Priester ihre Zeremonien für den Sieg.

Am zweiten Tag kamen die Parisi, ihre Wagenkolonnen verursachten einen Sommerstaubsturm hinter sich. Als ich sie kommen sah, dachte ich, daß Prasutagus stolz gewesen wäre auf sein Volk.

Und während des ganzen dritten Tages und bis spät in die Nacht strömten die Brigantes herbei. Sie kamen in kleinen Truppen, die schon trunken waren von der Aussicht auf die Schlacht. Sie trugen ihre blaubemalten Kampfschilde und ihre langen Speere, die nach Blut lechzten.

Nun war der erste Teil der Kampfvorbereitung vollbracht. Bei Tagesanbruch stürmten wir, begleitet von dem Dröhnen und Schmettern der Kriegshörner, auf unseren Feldzug nach Süden.

Boudicca führte die Horde in ihrem Wagen an. Er war mit rotweißen Ochsenfellen bedeckt. Die Pferde ihres Gespanns waren lorbeerfarben und so dunkel, daß ein blendendes Strahlen von ihnen auszugehen schien, wie bei einer Gewitterwolke. Der Fahrer war Brockmail, der schon Prasutagus' Wagen gelenkt hatte. Boudiccas Haar hatte man, damit es sie nicht störte, zu einem einzigen Zopf gebunden, der so dick wie das Handgelenk eines Priesters war. Sie trug einen Kriegermantel, der wehte im Fahrtwind wie eine rote, züngelnde Flamme hinter ihr her. Wir folgten ihr und blickten dabei mehr auf das feurige Flattern ihres Umhangs als auf die Standarte mit dem Pferdeschädel darauf und den hin und her wedelnden safrangelben Quasten, die von einem berittenen Hauptmann neben ihr hergetragen wurde.

Als ich mich von meinem Platz inmitten der Krieger, die dicht bei ihr waren, umwandte, sah ich das Heer, welches der Königin wie ein Bienenschwarm folgte. Es war ein dunkles Farbengewoge von Männern, Tieren und donnernden Wagenrädern. Es reichte weit, weit zurück, bis zu den dahinrumpelnden Ochsenkarren am Ende. Dort waren auch die Prinzessinnen, zusammen mit Boudiccas Frauen saßen sie in dem großen Königswagen, der ein hohes Verdeck aus bemaltem Pferdeleder hatte, das mit Quasten verziert war. Aber ich konnte die Fahrzeuge nicht erkennen, so weit hinten waren sie. Außerdem kam sommerlicher Dunst auf und verdichtete sich über allem.

Ich fühlte, wie mein altes Schwert gegen meinen Schenkel schlug und wie die Harfe, die im Sack über meiner Schulter hing, sich in ihrem Schlaf regte; sie wartete nur darauf, zu erwachen und zu singen. Schweige still, meine Harfe, noch ist es nicht soweit, aber mein Lied wird von einem leuchtenden Dunkel sein, und schrecklich wird es werden.

An die werte Dame Julia Procilla
im Haus zu den drei Walnußbäumen
in Massilia, Provinz des südlichen Gallien
vom Tribun Gneus Julius Agricola aus der
Mannschaft des Statthalters von Britannien

Liebste und verehrteste Mutter,

Allmählich bekomme ich Zweifel, ob auch nur einer meiner Briefe, die ich von unserem vorgeschobenen Stützpunkt in Segontium geschrieben habe, Dich je erreicht hat. Alles ist hier irgendwie unsicher, auch die Post. Deshalb fasse ich noch einmal kurz zusammen, was darin stand.

Als ich mich hier in Deva zum Dienst meldete, traf ich den Statthalter gerade vor seinem Abmarsch in den fernen Westen mit der zwanzigsten und Teilen der vierzehnten Legion an. Die einheimische Priesterschaft sollte unterworfen werden, denn sie ist das Herz und der Kern des Widerstandes gegen unsere Gesetze. Die Priester hatten sich in ihre letzte Festung auf der Insel Môn zurückgezogen, welche sich draußen vor der gebirgigen Westküste dieser Provinz befindet. Es scheint, als sei Môn die hauptsächlichste Kornkammer eines großen Teils Westbritanniens und deshalb besser unter unserer Kontrolle. Wir waren etwa drei Monate weg. Hauptsächlich bauten wir unseren Stützpunkt zwischen dem Gebirge und dem Meer auf und bereiteten Boote und Flöße so gut wir konnten für die Überfahrt vor. Mutter!

115

Du hättest diese Überfahrt sehen solln! Mit den Booten fuhren die, welche nicht anders hinüber konnten. Der Rest mußte schwimmen. Die Meerenge dort ist höchstens eine Meile breit, aber es gibt rasche Strömungen. Die friesischen Hilfstruppen konnten es am besten, sie sind großartige Schwimmer und in ihrem eigenen Land an Meeresbuchten gewöhnt; sie bildeten die Vorhut. Als nächstes kam die Kavallerie, jedermann war voll bewaffnet und schwamm neben seinem Pferd her. Auch die Verwaltungsoffiziere mußten ins Wasser. Natürlich war ich auch dabei, mit Felix, der bekannterweise das häßlichste Pferd unter drei Legionen ist. Doch in seinem Mut gleicht er Bukephalus (wenn ich es recht bedenke, war Bukephalus, bei einem solchen Namen, wahrscheinlich auch häßlich). Sogar der Statthalter schwamm mit, was ihm sein Leben lang zur Ehre gereichen wird. Paulinus ist ein harter Mann, der kaum Gnade kennt. Aber von seinen Soldaten verlangt er nichts, was er nicht selbst auch tun würde. Deshalb gibt es auch kaum Widerspruch bei seinen Untergebenen.

Nun, wir schafften es, auf die andere Seite zu kommen. Dort scheuchten wir unser Hornissennest auf und begegneten tapferem Widerstand, das muß ich sagen. Es gab am Strand heftige Kämpfe.

Die Gegner waren wie rasend, als ob sie Aconit oder dergleichen genommen hätten, sie wurden von den Druiden angefeuert, von denen viele mit-

kämpften. Es waren auch dunkel gekleidete Furien darunter, das schienen Frauen zu sein. Es ist kein gutes Gefühl, wenn man von einer Frau bedroht wird und weiß, daß man sie töten muß, will man nicht von ihr getötet werden. Ich weiß, ich habe es getan. Ich frage mich aber, ob je ein guter Soldat aus mir wird. Jedenfalls führten wir die Sache zu Ende. Wir vernichteten die Festung der Druiden, machten ihre heiligen Haine dem Erdboden gleich und ließen Môn leer, verwüstet und voller Toter zurück. Paulinus sagt, es sei, wie wenn man eine Wunde ausbrennt, oder ein Hornissennest ausräuchert. Nun sind wir wieder in Deva.

Keine Briefe waren für mich da, deshalb frage ich mich, ob du meine bekommen hast. Die Post ist, wie ich schon sagte, nicht sehr zuverlässig, und jeder wartet begierig auf Nachricht von zu Hause.

Gerade blies die Trompete zur Wachablösung, und ich habe Dienst. Es ist gut für das Selbstgefühl, wenn der Gouverneur einen zum Zeltgenossen auswählt. Aber von allen Posten bei den Verwaltungsoffizieren läßt dieser einem fast am wenigsten Zeit für sich selbst. Ich werde später fertigschreiben.

Später: In Eile. Es kam die Nachricht von einer Art Aufstand im Osten der Provinz, der von den Icenern angeführt wird. Paulinus hat beschlossen, nach Londinium und zu seinem Versorgungslager zu reiten. Die Legionen und anderes

117

Fußvolk sollen nachkommen, und zwar alle, die man in der Festung und bei der Arbeit an den Grenzen nicht braucht. (Sie werden mehr als eine Woche unterwegs sein, selbst, wenn sie schnell marschieren. Und die Götter wissen, was in dieser Zeit geschehen kann. Daher entschied er, daß die Kavallerie vorauseilt.) Zusätzlich hat er einen Schnellreiter losgeschickt, der die zweite Legion von Glevum auffordern soll, sich uns anzuschließen. Ich lasse Marcipor natürlich hier. Er bittet mich, Dir zu sagen, daß es nicht seine Schuld ist, wenn meine Sachen nicht in Ordnung gehalten werden.

Ich habe Gelegenheit, diesen Brief der offiziellen Post mitzugeben, und nur Jupiter weiß, wann das noch einmal möglich sein wird.

Dein gehorsamer und Dich liebender Sohn
Gneus Julius Agricola

Der Hain der Allmutter

Fünf Tage stürmte das Heer nach Süden. Vier Nächte lagerten wir am Wegesrand. Ständig nahmen wir an Kraft und Stärke zu, denn immer mehr Truppen anderer Stämme stießen an den vereinbarten Treffpunkten zu uns. Die Trinovantes und die Kriegskatzen kamen als letzte. Einige schlossen sich uns erst bei ihren eigenen Grenzen an, weniger als eine Tagesreise von Dun Camulus entfernt; andere, als man die Stadt schon sah. Die Trinovantes erzählten wilde Geschichten von schlimmen Vorzeichen und von eigenartigen Geschehnissen, von wehklagenden Stimmen, die im leeren Theater ertönten, von der Siegesstatue im Tempel, die von ihrem Sockel heruntergefallen war, mit dem Rücken gegen unser vorrückendes Heer, als versuchte sie zu fliehen, und die ganze Stadt zitterte vor Angst und Schrecken.

Die Königin sprach: «Wahrlich, habe ich nicht gesagt, daß fünf Männer im Herzen einer Stadt viele Wagen draußen vor den Toren aufwiegen?»

Es gab aber keine Tore. Keine Tore, keine Mauern, denn Verteidigungswälle sind in einer römischen Provinzstadt nicht erlaubt. Die Menschen in Camulodunum müssen das in den letzten Tagen, seitdem sie von dem Sturm wußten, der von Norden her auf sie zuraste, schmerzlich als Fehler empfunden haben. Vortrix, der Bär, berichtete, daß sie nach Londinium um Hilfe gesandt hatten. Aber der Statthalter schickte ihnen nur zweihundert schlecht ausgerüstete und nachlässig geschulte Männer aus dem Versorgungslager. Und die waren knapp einen Tag vor uns gekommen. In aller Eile hatten sie noch versucht, einfache Barrikaden in den Straßen zu errichten. Sicher haben sie sehnsüchtig an die großen Graswälle gedacht, die die königliche Festung zu Togodumnos' Zeiten umgab.

Die umliegenden Bauernhöfe und Gebäude waren verlassen, denn ihre Sklaven hatten sich entweder uns angeschlossen oder waren einfach verschwunden, und die Besitzer hatten sich in die armselige Sicherheit der Stadt geflüchtet. Wir schlachteten das zurückgebliebene Vieh und nahmen die Pferde mit, und nebenbei zündeten wir die Gehöfte an. Aber nicht alle waren leer. In einem entdeckten wir einen alten, kranken Mann. Vielleicht hatte er bleiben wollen, vielleicht hatten sie ihn aber auch einfach zurückgelassen. Er stand da und klammerte sich an den Türpfosten. Er blickte uns entgegen. In seiner freien Hand hielt er ein römisches Kurzschwert, aber als er es erheben wollte, entglitt es ihm.

Boudicca hatte ihren Wagenlenker gebeten, dort anzuhalten, denn im offenen Hof gab es unter einem Kirschbaum einen Brunnen, und sie war durstig. Als der Wagen stehenblieb, schaute sie den Mann in der Tür an, unruhig warfen die Pferde ihre Köpfe hoch. Der Alte erwiderte ihren Blick, und seine freie Hand tastete ins Leere, als suchte er nach dem Griff des Schwertes.

«Armer alter Mann», sagte sie, «konnten deine Leute nicht einmal warten und dir den Gnadenstoß geben, bevor sie flohen? Dann müssen wir es für sie tun.» Sie machte den

umstehenden Kriegern ein Zeichen, und mit einem sauberen, raschen Schlag töteten sie ihn. Die Königin fuhr fort:
«Es war ein tapferer alter Mann, das hat er verdient. Aber
das war unser letzter Gnadenakt, bis der Zorn der Allmutter mit Blut weggewaschen ist und alle Volksstämme wieder frei sind. Schlagt seinen Kopf ab.»

Sie taten es. Doch war sein graues Haar nach Art der
Römer kurz geschnitten, zu kurz, als daß man sein Haupt
daran hätte am Wagen aufhängen können. So spießten die
jungen Krieger den Kopf auf einen Speer und trugen ihn
zusammen mit den Standarten. Einer nahm von der Herd-
stelle etwas Glut und zündete das Strohdach damit an.
Nachdem die Königin vom Brunnen unter dem Kirschbaum getrunken hatte, sprengten wir los, um die Heeres-
spitze wieder einzuholen.

Der Weg senkte sich zu einem Fluß, in der Ferne sa-
hen wir die Stadt auf dem walbuckelähnlichen Hügel; die
Abendsonne tanzte auf den weißrotgoldenen Farben des
Tempels in der Mitte. Die Leute aus der Stadt hatten die
Brücke zerstört, aber das machte kaum einen Unterschied
– es hätte ohnedies zu lange gedauert, bis ein ganzes
Königsheer diesen engen Steg überquerte, noch dazu in
Wurfweite der ersten Gebäude am Abhang des Hügels.
Wir schwenkten nach rechts und gelangten weiter oben
bei einer durch die Ebbe entstandenen Furt ans andere
Ufer. In dieser Nacht schlugen wir unser Lager zwischen
den verfallenen Mauern der alten Festung, westlich der
neuen Stadt, auf. Dort war ich vor achtzehn Jahren mit
Prasutagus gewesen. Damals hatten sich die Könige in
Togodumnos' Festhalle versammelt, um dem Kaiser
Claudius Treue und Freundschaft zu schwören. Jetzt

konnte man nicht mehr sehen, wo die Halle einmal gestanden hatte, denn die Steine und das ganze Holz waren
zusammen mit allem, was noch brauchbar war, für den
Aufbau der neuen Stadt Camulodunum geholt worden.
Ich erkannte an einer alten Eibe, die im Vorhof stand, wo
die Festung gewesen war. Vielleicht war der Baum geheiligt, jedenfalls hatte man ihn nicht angerührt. Für mich
war es wie ein Wahrzeichen, aber ich sagte der Königin
nichts davon.

Sie stellten die Karren dort ab, wo damals die Elefanten
gewesen waren. In der zunehmenden Dunkelheit hoben
sich die buckligen Umrisse der Wagen schwarz gegen den
Himmel ab. Das weckte Erinnerungen, Vergangenes war
plötzlich ganz nah. Aber auch Tote, viele Tote.

Die Königin schlief nicht bei den Prinzessinnen und ihren Frauen im königlichen Wagen, sondern da, wo sie sich
seit unserem Aufbruch immer niedergelegt hatte: zwischen
den Rädern ihres Karrens. Um sie herum ruhten die Krieger auf ihren Speeren, sie selbst lag mit der Wange auf dem
Schwert ihres Vaters.

Spannung lag in der Luft. Es war ein ständiges Kommen
und Gehen zwischen den Wachfeuern. Die Pferde stampf-
ten und warfen ihre Köpfe hoch, als witterten sie, was
bevorstand, welcher Wind am anderen Tag wehen würde.
Schwach hörte man Geräusche von der Stadt, auch dort
war man wach und unruhig und wartete, wie wir. Ich
konnte nicht schlafen. Ich ging zu dem Wäldchen an der
Flußbiegung unterhalb des Lagers und wanderte darin
umher. Der Wald war klein und düster, alte Eichen und
Eiben wuchsen hier. Ein wenig früher im Jahr hätte ich
vielleicht beim Betreten des Haines erwartet, daß eine

Nachtigall singe. Aber je tiefer ich in den Wald eindrang, desto sicherer schien es mir, daß hier nie ein Vogel seine Stimme erheben würde. Es herrschte tiefes Schweigen; es war eine Stille, die wie Nebel zwischen den Bäumen hing, die nicht einmal ein Rascheln im Unterholz gestattete. So lief ich ganz behutsam dahin, um kein Geräusch zu machen. Die Trinovantes nennen ihn den Hain der Allmutter, es ist ein heiliger Wald. Plötzlich hatte ich das Gefühl, alles an diesem Ort warte auf etwas, auf etwas, das ich nicht sehen sollte. Auch spürte ich, daß ich nicht allein war. Eigentlich wollte ich umkehren, aber ich war gerade am Rande einer kleinen Lichtung angelangt, wo das Mondlicht durch die Zweige auf eine runde, freie Wiesenfläche fiel. Das Gras war ganz kurzgewachsen, wie für einen Tanzboden; ringsum standen dicht gedrängt Bäume.

In diesem Augenblick erkannte ich, warum ich das Gefühl gehabt hatte, nicht allein zu sein – in der Mitte stand Boudicca. Das Rot ihres Umhangs wirkte im Mondschein fast schwarz. Und ich hatte geglaubt, sie schlafe zwischen den Wagenrädern. Aufrecht, groß wie ein Baum und ganz still stand sie da. Wie in ungeheurer Pein, in verzücktem Gebet, streckte sie ihre Arme dem Mond entgegen.

Ich blieb wie erstarrt zwischen den Bäumen stehen, wie ein Tier, wenn es Gefahr wittert. Boudicca ließ den Umhang von ihren Schultern gleiten. Darunter war sie nackt. Und nackt wie sie war, begann sie zu tanzen. Mit kleinen Schritten trat sie rund und rund herum einen Kreis. Beim Tanzen neigte sie ihren Kopf weit nach hinten, wieder und wieder strichen ihre Hände über ihre Brüste, ganz sanft schien es, als streichle sie sich. Aber jedesmal, wenn ihre Hände abglitten, sah man die dunklen Spuren ihrer

Fingernägel auf der weißen Haut, wie die Kratzspuren einer Katze. Sie stöhnte dumpf, da wußte ich, was sie tat, das Netz, das sie spann, war nicht für die Augen eines Menschen bestimmt. Ich verhüllte mein Gesicht, kroch in den dichtesten Schatten zurück und schlich davon, noch vorsichtiger als vorher, um ja kein Geräusch zu machen.

Als beim ersten Morgengrauen der Weckruf der Hörner für das Lager erklang, erhob die Königin sich zwischen den Wagenrädern, als hätte sie die ganze Nacht dort neben ihren Leibwächtern verbracht. Die Kratzspuren des wilden Tieres waren unter dem karierten Stoff ihres Umhangs verborgen. Fast dachte ich, alles sei nur ein Traum gewesen.

Die Männer aßen ihre Gerstenkuchen und schirrten die Pferde an, die nachts nahebei angebunden worden waren. Noch hatte die Sonne den Rand der Welt nicht erreicht und die Dächer von Camulodunum berührt, als schon die Kriegshörner schmetternd zum Angriff bliesen.

Wir umringten die halbe Stadt. Auf diese Weise deckten wir die beiden Seiten, an die der Fluß nicht grenzte. Einige Truppen jagten vorwärts zwischen die Stadt und die Ufer, um den Kreis zu schließen und von den Schiffanlegestellen ausschwärmen zu können. Unseren Hauptangriff aber starteten wir von dem langgezogenen Hügelkamm aus, der in gleicher Höhe mit der Festung lag. Die Prinzessinnen hatten wir mit den Frauen, Kindern und Priestern bei den Wagen zurückgelassen. Der Wagen der Königin aber führte die erste Kolonne an. Ihre Hauptleute hatten versucht, sie zu überreden, daß auch sie in Sicherheit abwarte. Sie aber sagte: «Die Allmutter wird dafür sorgen, daß mir nichts zustößt, bevor meine Zeit gekommen ist. Ich bin der Speer in ihrer Hand. Ich bin die

Freiheit für das Volk. Wie sollen mir die Krieger folgen, wenn ich sie nicht anführe?» Und wieder einmal stürmten wir hinter der roten Flammenzunge ihres Mantels her. Noch einmal war ich dicht hinter ihrem Wagen zusammen mit den berittenen Kriegern ihrer Leibwache. Und hinter der Standarte wurde hoch oben auf einem Speer der Kopf des alten Mannes, den wir gestern getötet hatten, mitgetragen. Die Morgensonne stand noch tief, sie ließ den schneeweißen Pferdeschädel auf der Standarte und die flatternden safrangelben Troddeln daran aufleuchten. Der Boden bebte unter den Hufen unserer Rosse und den donnernden Wagenrädern, eine Staubwolke erhob sich, Grasbrocken flogen auf.

Wir preschten zwischen verfallenen Lehmbauwerken zu den ersten weißen Häusern am Stadtrand und schrien wie die Wilde Meute. Wir durchbrachen die ersten Barrikaden und erreichten die Vorderlinie derer, die den Ort gegen uns verteidigen wollten.

Aber nur die Königin und die ihr folgende Kolonne stürmten in die Stadt. Wir anderen blieben an der Grenze, denn die schmalen Abflußrinnen an den Straßenseiten erschwerten den Kampf mit Wagen. Nachdem die vorderen Schrecken und Panik ausgelöst hatten und die ersten Barrikaden niedergemacht waren, stürmten die Reiter vorwärts, die Wagenlenker aber wendeten die Gespanne, ihre Kämpfer sprangen heraus und eilten zu Fuß zurück.

Bald merkten wir, daß die Männer von Camulodunum zwar Dummköpfe und Tyrannen sind, jedoch keine Feiglinge. Männer und Knaben, die schmierige Ledertuniken trugen, stellten sich uns mit den kurzen römischen Schwertern entgegen. Sie verteidigten jede Straßenecke, jede Gartenmauer und jeden Ladeneingang. Wir waren froh darüber, denn es ist nicht gut, gegen Jämmerlinge zu kämpfen, das reizt uns nicht und bringt unser Blut nicht in Wallung.

Aber unser Blut kochte an diesem Tag genug!

Ich selber griff kaum zur Waffe. Ein Harfenspieler ist kein Krieger. Aber keiner sollte sich in einer Schlacht von Männern seines Stammes beschützen lassen, die da ja Wichtigeres zu tun haben. Ich trug mein altes Schwert, benützte es, wenn es nötig war, und stellte fest, daß meine Hand keineswegs ihre Geschicklichkeit eingebüßt hatte.

Im Lauf des Tages schlugen wir die Römer allmählich zurück; sie drängten uns in jede Seitengasse und machten aus jedem Haus eine Festung. Wir trieben sie immer weiter, von einer Barrikade aus aufeinandergetürmten Getreidesäcken und umgekippten Karren zur nächsten, bis unsere Füße in der sich rot färbenden Gosse ausglitten und an jeder Ecke Haufen von Toten lagen. Es waren ihre Toten und unsere. Aber sie hatten keine Lebenden, die ihre Gefallenen ersetzen konnten.

Trotzdem können in engen Straßen vier Männer viele andere zurückhalten. So war es fast Nachmittag, als wir die Außenviertel der Stadt endlich geräumt hatten und uns den vornehmeren hohen Gebäuden und Plätzen im Innern zuwenden konnten. Und die erste Kolonne unserer Kämpfer folgte weiterhin der roten Flammenzunge des Mantels und dem leuchtenden Haar der Königin.

Bei Sonnenuntergang war die Stadt in unserer Hand. Es war ein flammender, feuriger Sonnenuntergang, doch hinter dem aufsteigenden Rauch war er nur halb zu sehen, denn Camulodunum brannte an zehn Stellen. Die meisten der noch lebenden Verteidiger hatten sich in den herrlichen Tempel des göttlichen Claudius zurückgezogen und sich darin verschanzt.

Sie hielten den Tempel noch den ganzen nächsten Tag, während wir wieder und wieder angriffen. Es war gut, einen Feind zu haben, der würdig in den Tod ging. Es dämmerte schon, als es zum letzten Widerstand kam. Aber die Dunkelheit ging im Feuerschein des brennenden Camulodunum unter. Die Stufen des Tempels waren glitschig von Blut und Kot, und die Säulen damit bespritzt. Die Römer standen dicht an dicht. Ich sah die zuckenden Flammen sich in ihren Augen spiegeln. Keinen Schritt mehr wichen sie zurück, denn da gab es keine Zuflucht mehr, sie starben, wo sie standen, die alten Männer und die Knaben, in ihren abgetragenen Tuniken und übel zugerichteter Rüstung. Mein Herz hat sich in dieser Nacht für die Römer mehr erwärmt als je zuvor.

Unser Heer war trunken vom Blutvergießen und vom Wein, den sie aus den Läden geraubt hatten, und auch, weil sie sich gerächt hatten und Sieger waren. Frauen und Kinder drängten sich auf engem Raum im Tempel; einige lebten noch, doch hatten viele ihre Kinder getötet und dann sich selbst umgebracht, bevor wir eindrangen. Unsere Krieger erschlugen die noch lebenden Kinder, das war schnell getan. Die Weiber aber sollten gefangen vor die Königin gebracht werden. Da trieben sie die schreienden, verschreckten Gestalten zusammen, die nicht so klug und mutig gewesen waren, sich selbst zu töten, solange noch Zeit war. Man führte sie vor die Königin. Sie stand in ihrem Wagen hinter den erschöpften Pferden auf dem offenen

Platz, den die Römer Forum nennen, in sicherer Entfernung von den Flammen der brennenden Stadt.

Einige der Frauen waren jung und blond. Ich sah sie.

Sie fielen auf die Knie und flehten um Gnade, sie sei doch eine Frau, wie sie. Boudicca blickte auf die Jammernden herab. Und es war wie schon zuvor: Damals hatte das Licht der Beratungsfeuer das Dunkle ihrer Augen nie erreicht, und heute war es das gleiche mit dem Flammenschein des brennenden Camulodunum. Sie befahl den Männern, die die Gefangenen hielten, diese zum Hain der Allmutter außerhalb der Stadt zu bringen. Sie wies unsere Frauen, die bei den Wagen warteten, an, dorthin zu kommen und ebenso je drei Anführer jedes Stammes aus dem Heer. Das war wirklich eigenartig.

Ich will nicht erzählen und mich auch nicht daran erinnern, wie sie starben. Doch als alles vorbei war, sah ich ihre Körper dort hängen. Wie schreckliche weiße Früchte baumelten sie an den Ästen der düsteren, uralten Bäume. Da wußte ich, was Boudicca der Allmutter versprochen hatte, als ich sie vor zwei Nächten dort beim Tanz sah. Da erkannte ich, warum der Wald so voller Entsetzen gewesen war.

An die Dame Julia Procilla
im Haus zu den drei Walnußbäumen
in Massilia, Provinz des südlichen Gallien.
Von Gneus Julius Agricola außerhalb Londiniums.

Sei gegrüßt, meine Mutter. Ich habe keine Ah-
nung, wie oder wann und ob ich diesen Brief
überhaupt an Dich abschicken kann. Das ganze
Land gärt wie Hefe, die neben dem Feuer steht.
Zumindest in dem Teil der Provinz, wo wir uns
in den letzten Tagen aufhielten, sind die Melde-
reiter der Regierung entweder getötet worden
oder sie haben sich aus dem Staub gemacht. Die
Reise von Deva war sehr traurig. Es ging fast die
ganze Zeit durch «sub hostile» Gebiet (feindliches
Gebiet). Das bedeutet, die Stämme hätten uns
unter normalen Umständen verfolgt. Aber fast
alle ihre Krieger haben sich den Icenern ange-
schlossen. Ein paar Pfeile wurden aus dem Wald
auf uns abgeschossen, ein Pferd getötet, und ein
paar Soldaten verwundet. Aber die meiste Zeit
schienen wir durch leere Wüste zu reiten; die Post-
stationen waren ausgebrannt, gelegentlich ein
Leichnam im Graben am Weg. Sie haben die
Straße bis mehr als eine Tagesreise von Londi-
nium zerstört, einfach aufgerissen und voll Erde
und gefällten Bäumen zurückgelassen. Wir leg-
ten keinen Wert darauf, in einen Hinterhalt zu
geraten, deshalb schwenkten wir schnellstens nach
Süden, überquerten die Thamesis bei einer Furt
und näherten uns der Stadt schließlich von der

südlichen Seite. Die Götter allein wissen, ob die Legionen nach uns noch durchkommen. Nun, Paulinus hat Boten ausgesandt und morgen nähern wir uns Londinium.

Bevor wir die Straße verlassen mußten, bekamen wir von Lindum die Nachricht, daß Petilius Cerealis mit einem Sondertrupp der neunten Legion nach Süden eilt. Das sind zweitausend Mann. Damit will er versuchen, Camulodunum zu retten, das direkt auf dem Weg liegt, den die Rebellen eingeschlagen haben. Aber die Möglichkeit, sie noch rechtzeitig abzudrängen, scheint gering. Wahrscheinlich ist die Stadt schon gefallen. Wir jedenfalls hören nichts. Paulinus sagt, das sei immer so, wenn man einer Sache sehr nahe kommt, es ist fast so, als befände man sich im Zentrum eines Sandsturms. Alles stellt den Betrieb ein.

Die Wäscherin bei der Furt

Von Anfang war auf Anraten von Gretorix
Hard-Council und den Seinen bestimmt worden, daß wir
nach der Niederschlagung von Camulodunum direkt nach
Londinium und dem dortigen Versorgungslager ziehen
sollten. Das war die einzige Stelle, wo wir alle Waffen und
die nötige Ausrüstung bekommen konnten, ohne Zeit zu
verlieren. Dies wäre aber der Fall gewesen, wenn wir erst
römische Festungen gestürmt hätten, um daran zu kommen. Das leuchtete der Führungsspitze ein. Außerdem war
Londinium der Ort, wo die Beamten, die Geldverleiher
und die fetten Kaufleute saßen und obendrein Stammes-
angehörige, die römische Schoßhündchen geworden waren. Und das war ein Grund mehr für unsere erhitzten
Gemüter. Doch bevor wir nach Londinium ziehen konnten, brauchten wir einen oder mehrere Tage, um die Verwundeten zu versorgen und unsere Toten zu begraben.
Während das alles im Gange war, Teile von Camulodunum
noch brannten und Krieger in den rauchenden Ruinen wie
Hunde nach Nahrung, Gold und Waffen herumschnüffel-
ten und sich holten, was dem Feuer entgangen und noch
übrig war, fand man heraus, daß drei Kampftruppen der
Brigantes und einzelne Männer der Coritaner und Cornover soviel sie tragen konnten eingepackt hatten und mit
ihren Pferden in der Nacht verschwunden waren.

Als man Boudicca diese Nachricht brachte, rief sie die Stammeshäuptlinge und Heerführer zusammen und sprach: «Wie ich erfahre, haben sich gewisse Männer aus dem Heer davongemacht, ohne sich zu verabschieden. Ihr sollt mir sagen, was das zu bedeuten hat. Sprich du zuerst, Tigernann von den Brigantes, denn die meisten sind aus deinem Gefolge.»

Und Tigernann von den Brigantes, der ein Prinz aus eigenem Recht war, stand vor ihr, wiegte sich hin und her, die Daumen im Gürtel, und sagte: «Das ist so der Brauch bei einem Feldzug. Der Kampf ist vorbei, die Siegesbeute eingesammelt, und die Krieger sind auf dem Weg nach Hause.»

«Hast du das gleiche vor? Und der Rest deiner Truppe?»

«Noch nicht. Ich glaube, in Londinium lohnt sich das Plündern. Wir sind nicht Eure Lehnsmannen, hohe Frau! Wenn wir gehen wollen, tun wir es.»

«So war es am Beratungsfeuer nicht beschlossen», fuhr die Königin fort. «Ihr redet wohl von Viehraub, da ist solches Verhalten üblich. Aber hier handelt es sich nicht um Viehraub. Hast du den Verstand verloren, daß du das nicht begreifst? Wenn wir uns jetzt auflösen und heimziehen mit ein paar Goldbechern, bevor wir die Rothelme ins Meer gejagt haben, wird kein einziger von uns je frei sein! Und die Allmutter wird es mir nicht verzeihen, wenn wir nicht Rache üben, so wie sie es fordert!»

«Die Rache ist Eure Sache! Geht doch und nehmt Eure Rache!» sagte Tigernann. «Und was die Freiheit angeht, davon haben wir genug hinter der Grenze! Wir haben doch unser Hochmoor und unsere Hügel und das Torfland, wo die Rothelme sich nicht auskennen. Wenn es uns gefällt, begleiten wir Euch und schlagen Londinium in Stücke. Oder aber wir gehen heim, wenn uns das lieber ist.» Er grinste: «Es kann sogar sein, daß wir den Rothelmen unsere Speere anbieten, denn im Augenblick sind sie gewiß für jeden Kampfarm dankbar.»

«So dankbar, daß sie die Vernichtung einer römischen Stadt vergessen?» fragte Boudicca, und ihre Lippen entblößten ihre Zähne. «Oder glaubst du etwa, die wissen nicht, welcher Standarte du in den vergangenen Tagen gefolgt bist? Dummköpfe! Von diesem Kriegspfad gibt es kein Zurück!»

Ein dumpfes, ärgerliches Gemurmel setzte ein. Die Männer blickten einander an. Die Heerführer der Icener umringten die Königin dichter. Aber bevor Tigernann etwas erwidern konnte, hob Andragius von den Catuvellaunern an zu sprechen und dabei strich er bedächtig über sein Handgelenk, das mit blutigen Lappen umwickelt war: «Gewiß kann es von diesem Kriegspfad kein Zurück geben!» Er wirbelte herum und blickte jeden der Anführer hinter Tigernann an, und sein Gelächter traf sie wie ein Peitschenschlag: «Oh, ihr Kopflosen! Wißt ihr, warum sie vor zwei Nächten im Hain der Allmutter etwas Bestimmtes getan hat? Oder warum sie die Anführer aller Truppen aufforderte, dabei zu sein? Meint ihr, die Römer würden das je vergessen?»

Langes, eisiges Schweigen folgte. In einiger Entfernung hörte man in diese Stille hinein Geräusche, die vom Feldlager herüberdrangen: das Klingen eines Hammers, den ein Waffenschmied schwang, das Wiehern eines Pferdes, das Brüllen von erobertem Vieh, welches zum Schlachten geführt wurde. Aber bei den Heerführern herrschte immer

133

noch tiefes Schweigen. Dann blickte Tigernann seine Gefährten an und zuckte die Achseln: «Na ja, es war nur ein Scherz. Und was die Davongelaufenen betrifft, nun, in jedem Krieg gibt es Drückeberger, und das Heer ist ohne sie besser dran.»

Der gefährliche Augenblick war vorüber.

Ich schaute die Königin an. Ihre Augen waren weit geöffnet, und zum ersten Mal seit langem sprach etwas daraus. Mir kam es vor, als sei es Angst und Entsetzen. Dann wandte sie sich rasch um, entfernte sich und ließ die ganze Truppe, wie man ein dreckiges Kleidungsstück fallen läßt, stehen.

Noch vor Mittag kam einer unserer Späher auf seinem erschöpften Pferd und berichtete, daß beinahe die halbe neunte Legion nur noch einen Tagesmarsch entfernt sei und sich uns von Lindum nähere. Aber wir hatten schon gewußt, daß sie nicht mehr weit waren, und unser Plan stand fest.

Etwa sieben römische Meilen stromaufwärts von Camulodunum kreuzt die neue Heerstraße, die pfeilgerade Richtung Norden nach Lindum führt, den Fluß bei einer gepflasterten Furt. Ringsum ist dort Wald und Buschland, ein guter Platz für einen Hinterhalt. Noch bevor die Mittagssonne eine Handbreit weiter gen Westen wanderte, war Andragius mit den Kriegskatzen und einer starken Truppe der Trinovantes, die diese Gegend, welche ihre Heimat war, am besten kannten, unterwegs.

Der Tag verging. Boudicca ließ sich nicht mehr blicken. Aber als der Rauch von den Kochstellen aufstieg und sich mit dem stärkeren Geruch, der noch von der verstummten Stadt herüberwehte, mischte, und das Licht lange Schatten übers Land warf, kam sie aus ihrem königlichen Wagen und begann, im Lager umherzuwandern. Und als die Sonne tiefer sank, wurde der Himmel zunehmend grau, dann trieb der Sommerwind alles auseinander und ließ es in fingerhutfarbenen Streifen erglühen. Und es schien, als böte das Lager nicht genug Raum für die ruhelos hin und her wandernde Königin.

Sie rief nach mir. Mit ihrer Leibwache im Gefolge begab sie sich zum Fluß hinunter und kam zu der Stelle, wo das Heer vor vier Tagen durch die Furt gegangen war. Die Ufer waren nach beiden Seiten einen Speerwurf weit niedergetreten. Im Westen vertiefte sich das Fingerhutrosa zu Feuerrot. Der Fluß, der zur Ebbe gerade ganz seicht dahinzog, nahm die gleiche Farbe an. Wie von Flammen bedeckt, floß er zwischen den schattigen, von Erlen gesäumten Ufern dahin.

Die Königin hielt inne und starrte auf die rotgefärbten Strudel: «Das Wasser wird rot!»

Ich dachte an die andere Furt, die sieben römische Meilen entfernt war: «Das ist nur der Sonnenuntergang, der sich im Wasser spiegelt», sagte ich.

Sie schüttelte den Kopf: «Die Wäscherin bei der Furt wäscht blutbefleckte Kleider, siehst du sie nicht?»

Von hinten kam der Abendwind, mich fröstelte plötzlich. Ich schaute in die Richtung, in die sie starrte. Aber da war nur eine Erle, die ihre haarigen Zweige im Wasser treiben ließ.

«Da ist niemand», erwiderte ich. «Du redest dummes Zeug, weil du müde bist. Das Heer sollte von deinen törichten Gedanken nichts erfahren.»

«Glaubst du, sie bekommen Angst und noch mehr von

ihnen laufen davon?» sagte sie mit dumpfer Stimme. Dann fragte sie: «Stimmt es, was Andragius von den Kriegskatzen sagte, daß keiner mehr das Heer verlassen kann, wegen des Opfers, das wir alle im Hain der Allmutter brachten?»

«Ja, ich denke schon. Aber selbst, wenn sie nicht fliehen, das Gerede über solch üble Vorzeichen wird ihre Gefühle erkalten lassen.» Ich glaube, sie hörte mich gar nicht. Sie sagte: «Cadwan, mein Harfenspieler, war es wegen des Opfers?»

Zuerst konnte ich ihr nicht antworten. Ich dachte daran, wie sie im Hain nackt im Mondlicht getanzt hatte, und wußte, das war es nicht. Aber ich erinnerte mich auch daran, wie sie den Heerführern eines jeden Stammes, der mit uns aufgebrochen war, befahl, an dem Grausen teilzunehmen. Und doch war es eine reine Sache unter Frauen gewesen, die Priester hatte sie nicht dazu gerufen. Noch weiter dachte ich zurück: an die kahlen Felder, die nicht besät werden durften. Gleichzeitig fielen mir Geschichten ein, die ich von Händlern und anderen gehört hatte. Geschichten über Rothelme, die ihre Schiffe hinter sich anzündeten, wenn sie an einer feindlichen Küste landeten. So gab es kein Zurück mehr, und der Weg nach vorne würde nur durch einen Sieg offen sein. Und ein Vorwärts gab es nur, wenn man siegte.

«Ist es wahr?» drängte sie noch einmal.

Ich antwortete: «Nur wenige kennen die ganze Wahrheit des Herzens.»

«Aber die Allmutter weiß es … Es ist notwendig, daß das Heer zusammenbleibt. Wenn ich jedoch meine Macht als Priesterin mißbraucht habe, wenn ich mich mit meinem Eid gegen sie wandte, dann wird sie mich verfluchen, dann wäscht sie für mich, und alle, die mir folgen, die blutige Wäsche an der Furt.» Sie preßte ihre Hände aneinander und drückte sie an ihre Zähne, bis die Knöchel weiß hervortraten und die Haut aufplatzte und blutete. Und mit klagender Stimme sagte sie noch einmal: «Aber das Heer muß zusammenbleiben, wie könnte sonst das Böse weggewaschen werden? Wie können wir sonst jemals wieder frei sein?»

Was sollte ich ihr erwidern? Ein Rabe gab die Antwort. Er kam von den rauchenden Ruinen Camulodunums herbeigeflogen, schwarzflügelig hob er sich gegen die flammenden Strahlen der untergehenden Sonne ab. Er krächzte, es klang wie Spott, Boudicca hob den Kopf und lauschte.

Ein Weilchen schien es, als wäre da ein Hauch von Menschlichkeit, ja, als zeigte sich gar die Boudicca, wie ich sie gekannt hatte. Doch so plötzlich, wie ein Priester etwas Göttliches an sich haben kann, war diese Boudicca sogleich verschwunden und die andere stand da, und ihre Augen bekamen wieder die dunkle Unergründlichkeit des Waldes. «Ich bin, was ich bin», sagte sie. «Und ich tue, was ich tu'. Doch jetzt möchte ich trinken, denn ich bin durstig.»

Ich trat nach hinten, holte den gehörnten Helm eines der Leibwächter und schöpfte zwischen den Erlenwurzeln Wasser für sie. Die Königin nahm es entgegen und trank in gierigen Zügen.

Der Sonnenuntergang spiegelte sich blutrot in dem Helmbecher.

In der kurzen hellen Sommernacht kehrten die Truppen zurück, sie brachten gefranste Fahnen mit vergoldeten

Lorbeerkränzen darauf mit. Als Boudicca ihnen von ihrem Schlafplatz entgegentrat, warfen sie ihr die Köpfe von Römern vor die Füße.

«Die Reiter sind uns entkommen», meldete Prinz Andragius, «mit ihnen auch ihr Gesandter. Einige unserer Krieger verfolgen sie noch.»

«Und die übrigen?» fragte die Königin.

«Sie sind tapfer gestorben», antwortete Andragius. «Wir haben Euch die Häupter der Anführer gebracht, sie waren es wert, daß wir sie mitnahmen.»

Boudicca blickte auf die Köpfe, welche im Licht des nächsten Wachfeuers lagen. Der Morgen kündigte sich schon an, und irgendwo vom Fluß her ertönte der Ruf eines Weidenlaubsängers. «Bei Sonnenuntergang habe ich ihren Tod im Fluß gesehen», sagte die Königin.

Mutter, wir sind seit zwei Tagen in Londinium. Morgen geht es wohl weiter. Der Ort ist eigentlich nicht zu verteidigen. Es gibt keine Mauern, und die Häuser sind weit verstreut. Nur das Versorgungslager ist mit Palisaden verschanzt, ein paar Männer sind dort zur Bewachung, aber es sind wirklich sehr wenige. Unser tapferer Statthalter hat die Hälfte zur Verteidigung Camulodunums gegen die Rebellen losgeschickt, bevor er selbst an Bord des letzten Schiffes eilte, um nach Gallien zu reisen. Es scheint, daß vor allem die Art, wie er die Icener behandelte, das Faß zum Überlaufen gebracht hat.

Bei unserem Einzug hießen uns die Leute als Retter willkommen. Paulinus meinte, wenn wir uns alle im Versorgungslager verschanzten und wenn die zweite Legion von Glevum zu uns durchkäme, könnten wir mit ihrer Hilfe, unseren eigenen Reitern, dem Rest der hiesigen Besatzung und jedem gesunden Mann, den wir mit einem Speer ausrüsten, standhalten, bis die zwanzigste und die vierzehnte Legion eintreffen.

Aber es kam anders.

Die zweite Legion ließ uns im Stich, zumindest ihr Befehlshaber. Der Gesandte ist fort, und er (der Befehlshaber) hat den Befehl des Statthalters verweigert, mit der Begründung, wenn er die Truppen aus Glevum abziehe, könnte es im Südwesten zu einem Aufstand kommen. Der Schnellreiter kam heute morgen über die südliche Straße, wo es noch keine Probleme gibt, mit dieser Nachricht zu uns zurück. Paulinus wiederholte seinen Befehl; aber es wird jetzt ohnehin zu spät sein. Die Stämme haben Camulodunum geplündert und niedergebrannt. Und es sieht so aus, als hätten sie den Sondertrupp der neunten Legion irgendwo aus dem Hinterhalt überfallen und ausgelöscht. Wir haben keine direkte Nachricht darüber, wissen aber aus zuverlässigen Quellen, daß die Kohortenstandarten in Rebellenhand gesehen wurden. Und jetzt eilen die Aufständischen nach Süden. Es scheint, daß die Icener Truppen aus dem gesamten Nor- den und Westen der Provinz zusammengezogen haben. Und das ganze Pack wird von ihrer Königin (Prasutagus' Witwe) angeführt. (Allmählich fange ich an zu verstehen, warum wir die Furien immer als Frauen angesehen haben.)

Die Händler flehen uns an, zu ihrer Verteidigung dazubleiben, aber die Lage ist hoffnungslos. Wenn wir hier in Londinium abwarten, stellen wir uns selbst eine Falle und vergeuden sinnlos die Soldaten, die wir noch haben. So hat Paulinus für morgen den Befehl zum Abmarsch gegeben. Wir nehmen die Südweststraße Richtung Noviomagus. Das ist tatsächlich der einzige Weg, der für uns noch frei ist. Wir ziehen uns auf das befreundete Gebiet des Königs Cogidubnos, Herrscher der Regni, zurück; er ist unser treuester Verbündeter. Vielleicht kann er uns sogar ein paar Mitkämpfer besorgen. Wir werden wohl jeden Mann brauchen, den wir bekommen können, selbst wenn es den Legionen gelingt, sich zu uns durchzuschlagen.

Der Statthalter zieht sogar die letzten aus dem Versorgungslager ein. Er hat auch verkündet, daß er alle Flüchtlinge, die wollen und noch können, auf den Marsch mitnehmen will. Aber die Alten und kranke Kinder können wir uns nicht aufladen. Deshalb wollen sich uns nur wenige Frauen anschließen, und dann werden viele Männer es vorziehen, auch dazubleiben. Für diese werden die Vorräte freigegeben und Waffen ausgeteilt. Ich meine, wenn du dem Tod entgegensiehst, ist es besser, dabei einen Speer in der Hand zu haben, als wie ein Schaf abgeschlachtet zu werden.

Ein paar Leute fliehen nach Süden, aber ich glaube nicht, daß sie dort sicher sind. Jetzt bringt ein Esel mehr, als ein Pferdegespann je eingebracht hätte. Die Brücke wird für die Truppen freigehalten, und jeder, der ein Boot besitzt, verdient heute abend ein Vermögen. Aber wenn man tot ist, nützt einem das Gold auch nichts mehr. Du kannst dir vorstellen, wie es in den Straßen aussieht! Ich glaube nicht, daß ich als Statthalter von Britannien den Mut hätte, von hier wegzugehen und alles seinem Schicksal zu überlassen. Ich hoffe, ich hätte ihn, denn es ist die einzige Möglichkeit. Aber ich bin mir durchaus nicht sicher, daß ich es sollte – den Mut haben, meine ich.

Paulinus ruft nach mir. Ich will versuchen, hin und wieder weiterzuschreiben. Vielleicht kann ich den Brief ja doch einmal an Dich abschicken.

Ich muß Dich sicher nicht bitten, an mich zu denken, wenn Du abends zu unserem kleinen Hausschrein gehst.

Londinium

Wir verließen Camulodunum. Über den schwarzen Ruinen zogen die Raben ihre Kreise, sie schienen in der Luft zu hängen und dann wieder umherzuschwirren, wie Fetzen verkohlten Strohs im starken Wind.

Unsere besten Jäger, Auge und Ohr des Heeres, waren uns weit voraus. Sie ließen uns mitteilen, daß Suetonius Paulinus in Londinium sei, aber nur mit ein paar Reiterschwadronen. Die beiden Legionen, die er von Môn mitgebracht hatte, seien auf dem Weg zu ihm von der großen Festung Deva. So teilten wir uns. Andragius nahm mit den Catuvellaunern und etwa der Hälfte des Heeres die Straße nach Verulamium, um den Legionen den Weg abzuschneiden und mit ihnen genauso wie mit der neunten zu verfahren. Die andere Hälfte eilte direkt nach Londinium. Wieder einmal folgten die Truppen der roten Flamme des königlichen Mantels. Triumphierend führten wir die vergoldeten Standarten der Rothelmkohorten mit uns. Jetzt hatten wir zu unseren eigenen auch von den Römern eroberte Waffen. Aber nicht viele Rüstungen. Ich weiß, ein Mann muß daran gewöhnt sein, bevor er sich in der schweren römischen Rüstung gut und geschickt bewegen kann. Hier und da sah man aber eine lederne Tunika oder das Rostbraun eines Soldatenmantels oder den roten Federbusch eines Helms. Außerdem gab es in den Wagen, die unsere

Ausrüstung transportierten, römisches Getreide und Wein und goldene Halsketten und Kochtöpfe.

So strömten wir, wie ein Fluß bei Hochwasser, drei Tage lang dahin. Allmählich veränderte sich die Landschaft, und die befestigte Straße verließ das Flachland und die Weiden und Erlenwälder und erklomm den Berg, wo die düsteren Eichen, Buchen und Eibenhaine im Norden an Londinium grenzen.

Am Abend des dritten Tages erreichten wir einen langgezogenen Hügelkamm, unsere Wagen waren noch weit hinter uns. Vom Waldrand blickten wir über das Buschland, das dann von Getreidefeldern und Viehweiden abgelöst wurde. Im Sommerdunst sahen wir in weiter Ferne im Süden eine große Stadt, die sich an einem breiten Fluß hinzog. Man hätte sie für einen Wolkenschatten halten können, aber das Abendlicht erhellte den Strom, und wir erkannten, daß es der Vater der Flüsse war, und wußten, um welche Stadt es sich handelte.

In dieser Nacht kampierten wir am Waldrand. Die Römer müssen unsere Wachfeuer gesehen haben, die entlang dem Abhang brannten. Vor Morgengrauen kam einer im Dunkeln, der wie ein Schmied aussah, wahrscheinlich war es auch einer. Er brachte die Nachricht, daß der Statthalter mit seiner Truppe Londinium verlassen habe. Sie ritten auf der Noviomagusstraße nach Süden, viele, die aus der Stadt flohen, seien dabei.

«Einen Tag eher, und wir hätten den Wolf in seinem Bau erwischt», murrte ein alter Heerführer der Cornover.

Boudicca sagte: «Das ist richtig. Aber wir sind nicht hergekommen, um den Wolf in seinem Lager zu fangen. Wir sind wegen der Vorräte und Waffen der Rothelme hier.

Und auch wegen der Abgabeneintreiber und Geldverleiher, die uns arm gemacht und der Freiheit beraubt haben. Einige Männer tragen nur ihre Jagdspeere und Sicheln, obwohl wir in Camulodunum einiges erbeuteten. Und wenn unser heutiges Tagwerk getan ist, werden wir für die Jagd auf den Statthalter Britanniens, die Vertreibung dieses elenden Wolfes, besser gerüstet sein. Schirrt an, meine Brüder, bald ist Morgen und wir eilen nach Londinium.»

Beim ersten Tageslicht, noch waren die Bäume vom Nebel verhangen, stürmten wir den Abhang hinunter.

Die Vororte von Londinium waren verlassen. Es gab keine Straßenkämpfe wie in Camulodunum. Ich sah nur ein einziges Lebewesen, wenn man von den Flußmöwen absieht, die über uns kreisten und wie verlorene Seelen greinten, und das war eine gestreifte Katze, die uns von einer Mauer herunter anfauchte. Auf unserem Weg durchkämmten wir Seitengassen und Gebäude. Aber die Badehäuser und Tempel, die große Basilika und das Forum gähnten vor Leere, als gehörten sie schon einer Totenstadt an. Alles Lebendige mußte sich in das Vorratslager zurückgezogen haben. Auch am Fluß war niemand zu sehen, keine Schiffe lagen am Landeplatz oder am Hafendamm. Ein frischer Ostwind kam auf, und das Wasser kräuselte sich in leichten Wellen.

Wir eilten weiter zum Versorgungslager, das von Graswällen und Palisaden umzäunt war. Das einzige Geräusch in ganz Londinium war der stürmische Lärm, mit dem wir heranbrausten.

Die Verteidiger hatten die Brücke über den Graben, der ringsum lief, zerstört. Am anderen Ende dieses Trümmerhaufens waren aus schwerem Eichenholz gezimmerte

Tore. Aber wir hatten die ersten Holzbauten schnell nie-dergerissen. Dann warfen wir Balken, Fensterläden und Dachstroh auf die andere Seite hinunter und hatten bald einen Damm geschaffen. Die Römer ließen vom Palisa-denwall Pfeile und Schleudersteine auf uns niederprasseln. In diesem dichten Getümmel trafen sie hier und da; aber nur wenige erreichten ihr Ziel wirklich. Wir warfen Feuer-bände hinein, und wo die Palisaden entflammten, stieg bald Rauch hoch, der uns Deckung gab. Wir setzten auch das Tor in Brand, indem wir brennendes Stroh davor aufschichteten. Aber es ging zu langsam. Ein riesiger Bal-ken, den wir aus einem nahen Haus herausrissen, leistete uns bessere Dienste beim Zerstören des schwelenden Holztores.

Oben auf der Palisade sahen wir einen Mann im dahin-ziehenden Rauch immer wieder verschwinden und auf-tauchen. Er war ein Hüne mit einer Lederkappe, wie sie die Soldaten der Hilfsmannschaften trugen. Er hatte ei-nen Bogen und wußte damit umzugehen. Er stand auf der zusammenstürzenden Brustwehr im auf und ab schwelenden Rauch und zielte genau auf die Königin. Sie befand sich allein in ihrem Wagen inmitten der johlenden Horden. Der Pfeil schoß genau auf sie zu und hätte sie in die Kehle getroffen. Aber im selben Augenblick, als er vom Bogen losschnellte, rissen ihre Pferde, von einem Feuerbrand erschreckt, den Wagen zur Seite, so traf er nur den erhobenen Arm unterhalb ihrer Schulter. Es war nur wie ein Wespenstich, aber die ihr am nächsten stan-den, sahen das Blut auf ihrer Haut und ein Schrei erhob sich: «Die Königin! Die Königin ist verletzt! Sie stirbt!» Da stürmte das ganze Heer gegen Tor und Wall, wie eine vom Sturm aufgepeitschte Woge auf den Kiesstrand donnert.

Als wir schließlich drin waren und die blutige Speerarbeit getan war, zogen wir dem Mann mit der roten Kappe die Haut ab. Das taten wir noch bei drei anderen von den wenigen, deren wir habhaft werden konnten, um ganz sicher zu gehen. Aber ich glaube, keiner war der richtige. Er war sehr groß gewesen und keine der Häute hätte ihm gepaßt. Die übrigen Gefangenen wurden gekreuzigt, das hatten wir von den Römern gelernt, und wir überließen sie angepflockt den Raben, als ein Zeichen für die Rothelme, wenn sie noch einmal hier vorbeikämen. Köpfe nahmen wir keine mit. Lediglich der von dem Mann in der roten Kappe wäre es wert gewesen. Es waren keine Krieger darunter, nur Regierungsbeamte und Männer verschiedener Stämme, alles Verräter, die fett geworden waren wie ihre römischen Herren, und ihre Frauen und deren schreiende Kinder.

Dann räumten wir das Waffenlager aus. Die Türen standen offen, viele der Speere und selbst die römischen Kurzschwerter hatte sich das Volk zur Verteidigung geholt. Aber das machte keinen Unterschied, so nahmen wir sie eben von den Toten, statt von den Gestellen in der Rüstkammer. Wir griffen uns Getreide, Wein und lederne Tuniken und alles, was uns nützlich schien, und beluden die Ochsenkarren damit, die zum Abholen gekommen waren. Und dann steckten wir hinter uns die ganze Anlage gründlich in Brand. Bald war Londinium ein einziges Flammenmeer vom einen Ende bis zum anderen. Und der schwarze Rauch wälzte sich wie eine riesige Sturmwolke über den Abendhimmel.

Wir kehrten in unser Lager am Waldrand zurück und grölten dabei Lieder; es klang wie das Heulen eines Wolfsrudels.

Am nächsten Tag kamen Eilboten von Andragius: «Verulamium ist dem Erdboden gleich. Die Rothelme sind in den Süden geflüchtet. Wartet auf meine Rückkehr.»
Zwei Tage lang warteten wir ruhelos wie Pferde, die den Wolf in der Luft wittern.
Niemand, nicht einmal ich, der vor dem Eingang zu ihrem Zelt schlief, sprach die Königin an, weil keiner darauf Wert legte, seine Haut zu riskieren. An diesem Abend kam die Nachricht von der Rückkehr der Catuvellauner. Westlich von uns bauten sie ihr Lager auf.
«Nun geh und führe Prinz Andragius her zu mir», befahl die Königin. Sie stand beim Feuer, das vor dem Eingang zu ihrem Zelt aus Pferdeleder brannte. Ich erinnere mich, daß es regnete, und das Leder glänzte vor Nässe. Der feine Regen rief goldenen Rauch hervor, als er zischend in das Feuer wirbelte.
«Ist nicht nötig», sagte eine Stimme hinter ihr, und Andragius, die verwischten Spuren seiner Kriegsbemalung noch im Gesicht, betrat fast unhörbar, wie eine Wildkatze, die Lichtung.
Die Königin wandte sich zu ihm: «Was bedeutet deine Botschaft? Du läßt die Rothelme durch das Netz schlüpfen?»
Andragius erwiderte: «Nein, denn sie sind nie darin gewesen. Sie kamen auch nicht zu der Stelle hinter Verulamium, wo die Straße abgeschnitten ist. Vielleicht haben die Adler am Himmel ihnen den Weg unseres Heeres

verraten. Irgendwo im Landesinnern drehten sie ab und zogen nach Süden, durchquerten eine Schlucht im High Chalk und eilten Richtung Süden nach Calleva von Atrebates.»

«Hast du all diese Weisheiten von den Adlern am Himmel?»

«Wir haben unsere Augen und Ohren auch offengehalten, um zu sehen, was hinter uns vor sich geht und um Nachrichten einzuholen.»

«Warum seid ihr ihnen nicht gefolgt?»

«Herrin, so weit ins Feindesland?»

Schweigen entstand. Man hörte nur, wie der Regen auf die breiten Sommerblätter tropfte. Dann schüttelte Boudicca den Kopf: «Nun, vielleicht wären wir dann in eine Falle geraten … Du hast aber nicht den Weg offengelassen, falls sie plötzlich kehrtmachen?»

Er schnaubte durch die Nase und lachte spöttisch: «Hohe Frau! Die Catuvellauner haben mich nicht zum Heerführer gewählt, weil ich Flöte spiele oder Weidenkörbe flechte. Der Durchgang beim Chalk ist in festen Händen, bis ich Befehl zur Freigabe erteile. Die Krieger sind voller Kampfeslust. Sie sind froh, weil sie die Stadt, welche die Römer auf unseren Ruinen errichteten, dem geschwärzten Erdboden gleichgemacht haben.» Leichter Spott schwang mit, als er von seinem eigenen Volk sprach. Und als vom Lager her helles Auflachen und Singen zu vernehmen war, reckte er den Kopf: «Offenbar sind die Icener genauso heiter?»

«Richtig», erwiderte die Königin, «denn auch Londinium ist völlig zerstört, und Raben und Wölfe vergnügen sich zwischen den Ruinen. Geht jetzt. Eßt etwas und ruht

Euch aus. Morgen rufen wir alle Truppenführer zusammen und beraten, wie es weitergehen soll.»

Nachdem er wieder zu seinen Leuten gegangen war, stand die Königin noch eine Weile da und schaute ihm hinterher. Und nachdenklich sagte sie, teils zu sich selbst, teils zu mir: «Sie sind übermütig und voll glühendem Haß und trunken vor lauter Rachegefühlen. Sie sind viel zu berauscht, um zu erkennen, was Andragius und ich wissen, nämlich, daß wir schon zweimal zu spät dran waren. Zu spät, um den Statthalter von Londinium zu erwischen, und zu spät, um die Rothelme an einem Ort unserer Wahl und zu einer uns genehmen Zeit in den Kampf zu verwickeln.»

Doch dann lachte sie und warf ihr nasses, wildes Haar in den Nacken: «Aber wovor müssen wir uns eigentlich fürchten? Auf einen der Ihren kommen bei uns zehn Kämpfer! Und die Allmutter würde uns doch den Sieg nicht verwehren, schließlich fordert sie ihn doch!»

Liebe Mutter, erst vor kurzem habe ich an diesem Brief geschrieben; aber es scheint ewig her zu sein.

Wir zogen uns mit den Flüchtlingen aus Londinium zurück und waren auf halbem Weg nach Novimagium. Der Statthalter sandte sie mit dringenden Appellen zu Cogidubnos. Damit sollte seine Bitte, die Eilboten ja schon vorher überbracht hatten, unterstrichen werden: Er möge so viele Wohlgesinnte, wie er auftreiben könnte, zu unserer Unterstützung schicken. Selbst wenn es nur unzureichend ausgebildete Reiter und ein paar Bogenschützen wären, jeder einzelne bedeute eine Hilfe. Dann zogen wir weiter, und jetzt haben wir acht Meilen südlich von Londinium unser Lager aufgeschlagen und warten auf sie. Auch von Gallien erhoffen wir uns Beistand. Auf Umwegen durch Freundesland sind die zwölfte und vierzehnte Legion zu uns gestoßen. So verfügen wir jetzt über achttausend Mann; aber trotzdem sind uns die anderen zahlenmäßig haushoch überlegen. Jetzt können wir nur noch hoffen, daß die Verstärkung aus Gallien bald eintrifft.

Ich sagte, wir kampieren südlich von Londinium. In Wahrheit aber heißt das, südlich von dort, wo Londinium einmal war. Die Stadt ist nur noch ein schwarzer Trümmerhaufen, der höchst findig mit den Leichen Gekreuzigter dekoriert ist. Unsere Späher berichten, daß die Menschen im Versorgungslager sich nach Lage der Dinge heftig verteidigt haben müssen. Dort regt sich jetzt aber nichts mehr, außer den Raben und

Möwen, die nach Aas suchen. Ich nehme an, das ist für sie einmal eine Abwechslung nach den ewigen Fischdärmen. Oh, Mutter! Es tut mir leid! Ich habe das nur geschrieben, weil ich jedesmal bei dem Gedanken an diese herrliche, blühende Stadt ganz krank werde. Und jetzt wird Dir, falls Du das je zu lesen bekommst, auch noch schlecht davon. Nein, das will ich nicht, ich werde es durchstreichen. Als die Legionen zu uns gelangt waren, erzählten sie von Verulamium ähnliches. Das sind nun schon drei Städte, und die Götter wissen, wie das noch endet!

Im Augenblick scheint es, daß diese Boadicea (das ist der Name der Königin) ihr Lager oben in den Wäldern nördlich von Londinium aufgeschlagen hat. Sie kann uns nicht auf feindlichem Boden im Süden verfolgen, und wir haben nicht genug Leute, um gegen sie in den Norden zu ziehen. Das ist wie bei einem dieser schrecklichen Spiele: Man hat einen Zug gemacht, kann weder vor noch zurück, gewinnt aber auch nicht. Aber ich denke, wenn es noch eine Möglichkeit gibt, dann ist es die Zeit. Sie ist auf unserer Seite. Wir werden ja wohl doch die Hilfstruppen von Cogidubnos zur Verstärkung bekommen. Die Kelten aber kämpfen am besten, wenn sie voller Haß und Wut sind, das behauptet jedenfalls Paulinus. Und wenn wir sie lange genug warten lassen, schwindet ihre Erregung vielleicht allmählich. Man berichtet auch, daß sie im Frühjahr nicht gesät haben und schworen, sich an unseren

Feldern und Vorräten gütlich zu tun. Vielleicht treibt sie auch der Hunger aus ihrer Deckung. Man kann ja nicht einmal ein Heer unserer Grö-ße so einfach ernähren, wenn man lange am sel-ben Platz bleibt, keine Vorräte hat und es ver-flucht wenig Nachschub gibt. Es scheint also, daß wir genauso hungern werden wie sie.

Später. Viel später. Ich glaube, es ist der zweite August. Immer noch keine Hilfe aus Gallien, offensichtlich gibt es Schwierigkeiten und man kann sie nicht so leicht entbehren. Ich wünschte, ich wüßte, wie es Dir geht, aber man sagt, im Süden gebe es keine Gefahr. Ich hoffe, Du kannst dies alles lesen. Meine Tusche ist fast verbraucht, und ich habe sie etwas verdünnt, damit sie ein bißchen länger hält.

Der Korntanz

Wieder einmal wurde das Beratungsfeuer angezündet, wurden die Häuptlinge und Truppenführer zusammengerufen. Andragius von den Catuvellaunern stand vor ihnen und berichtete noch einmal, was er der Königin an ihrem Zeltfeuer schon gesagt hatte.

Als er fertig war, gab es erst einmal Zwischenrufe, Murren und Hin- und Hergerede. Je älter ich werde, desto mehr habe ich den Eindruck, daß wir, ja, alle Stämme, vor allem immer viel reden. Ein Häuptling der Trinovantes sagte: «Was Andragius und seine Truppen nicht erreicht haben, wird doch wohl das ganze Heer schaffen. Laßt uns also anspannen, den Vater der Flüsse durchqueren und nach Süden weiter eilen, Paulinus und seinen Rothelmen entgegen!»

Aber Gretorix Hard-Council schüttelte sein struppiges graues Haupt: «Es stimmt, daß wir den Rothelmen an Zahl überlegen sind. Aber was gewinnen wir, wenn wir sie in das Gebiet unserer erbittertsten Gegner jagen? Dadurch entfernen wir uns nur immer mehr von unserem eigenen Land. Und wenn die zweite Legion, die noch in Glevum ist, plötzlich nach Osten schwenkt, kann sie uns den Heimweg abschneiden.»

«Wozu brauchen wir einen Weg nach Hause», fragte ein anderer Anführer, «wo uns dann doch alle Straßen offenstehen und die Rothelme ins Meer gejagt worden sind?»

So redete man immer fort, einer gegen den anderen, bis die Königin schließlich eingriff – bis dahin hatte sie die jeweiligen Sprecher nur angeblickt und geschwiegen. Nun sagte sie: «Ihr Herren Truppenführer und Häuptlinge der Stämme, lange habe ich euren Reden gelauscht. Nun hört mir zu. Wenn wir hierbleiben, behalten wir alles im Auge, was die Rothelme tun. Jede Veränderung können wir beobachten. Paulinus muß ja wissen, daß er zwischen dem Vater der Flüsse und dem Großen Wasser eingeschlossen ist wie in einem Gehege. Sicher weiß er auch, daß die Römer erst dann wieder Herrscher Britanniens sind, wenn sie auf die Nordseite des Flusses gelangt sind. Und in dem Augenblick haben wir sie auf unserem Jagdgebiet.»

«Wie lange können wir aushalten?» brummte einer der Truppenführer. «Ein Heer wie das unsere muß doch ernährt werden!»

«Das Land hier im Norden des Flusses ist zwar unbewohnt, aber reich an Korn und Vieh», erwiderte Boudicca. «Das üppige Weideland und das zahlreiche Wild werden das Heer so lange wie nötig satt machen.»

Tigernann von den Brigantes sprach: «Die Krieger mit dem blauen Schild kämpfen aber im Zorn am besten!» Seine Stimme klang herausfordernd, wieder steckten seine Daumen im Gürtel.

Wütend wie eine Wölfin fuhr die Königin ihn an: «Meinst du etwa, wir wissen nicht, wie die Träger der blauen Schilde kämpfen? Alle Krieger aller Stämme schlagen sich am besten, wenn sie voller Haß und Zorn sind. Soll sich ihre Empörung doch abkühlen, so wie die Frauen abends das Feuer zudecken, damit es am Morgen wieder neu aufflammt! Haben wir nicht das Warten gelernt, wir, ein Volk der Ackerbauern und Viehhirten? Wer kann denn das Wachstum des Getreidekorns im Boden beschleunigen, oder bewirken, daß das Junge im Bauch seiner Mutter schneller heranwächst? Und doch reift das Korn zur Ernte und das Fohlen wird geboren, wenn seine Zeit gekommen ist, die die Allmutter bestimmt. So soll es auch mit unserem Abwarten sein und mit der roten Ernte, die es beenden wird, wenn es die Allmutter will.»

So blieb unser Lager mehr als zwei Monde lang in der Waldlichtung, wahrscheinlich nicht weit von der Stelle, wo Caratacus vor achtzehn Sommern auf die letzte große Schlacht gegen Kaiser Claudius gewartet hatte. Zuerst lebten wir von der Kriegsbeute aus Londinium und ernährten uns nicht schlecht von den Schaf- und Viehherden und den Kornspeichern der verlassenen Gehöfte; auch die Jagdgründe, die in dieser Gegend sehr reichlich sind, trugen dazu bei.

Mit der Zeit aber waren unsere Nahrung suchenden Trupps genötigt, in immer weiter entlegene Gebiete zu ziehen, um das mit wilden Augen dreinblickende, brüllende Vieh zu finden, das sie ins Lager trieben. Die Jäger mußten, um Rehe und Wildschweine zu erlegen, immer tiefer in die Wälder eindringen. In den Kornspeichern war nicht mehr viel, wenn wir hinkamen, denn es war eigentlich ja schon bald wieder Erntezeit.

Die Ernte schien vielversprechend, obwohl die Felder vernachlässigt waren. Aber als die Ähren schon schwer wurden und die Körner ihre Farbe wechselten, regnete und windete es drei Tage lang. Alles war zerschlagen und flachgelegt, so daß es kaum noch lohnte, etwas aufzusammeln. Trotzdem ernteten wir die nahegelegenen Felder ab und beluden unsere leichtesten Karren mit den Garben von Dinkel und Gerste. Das sah armselig und spärlich aus und würde die Mägen eines so großen Heeres nicht lange füllen. Aber zumindest konnten wir sagen, daß wir die Früchte der eroberten Felder aufgelesen und eingebracht hatten, wo wir selbst doch im Frühjahr kein Körnlein gesät hatten.

Die Frauen schmückten die breiten Hörner der Ochsen mit rotem Mohn, Kornblumen und Maßliebchen und tanzten vor den Wagen, wie sie es immer getan hatten. Nachdem die letzte Garbe geschnitten war, wurde sie mit grünen Blätterzweigen und farbigen Bändern gebunden und auf dem hin- und herschwankenden Ochsenkarren ins Lager gebracht und mit allen Ehren gefeiert, wie es dem Kornkönig gebührt.

In den Tagen der Mütter unserer Mütter war der Kornkönig ein lebender Mann, der in die Gerstengarbe eingebunden wurde. Aber vieles läßt in unseren verweichlichten Zeiten nach, und so wird heute meistens eine Getreidegarbe verehrt und König genannt und von den Frauen zerhackt und dann in die Ackerfurchen für das kommende Jahr untergepflügt. So ist es zumindest bei den Icenern. Andere Stämme, andere Sitten.

Der Wagen wurde also durch das Lager der Königin gezogen und auf einen Grashügel inmitten der Lichtung gehoben. Von überall strömte das Pferdevolk herbei, um zu feiern. Einige begaben sich zu Boudiccas Feuer, wo der Kornkönig auf seinem Grasthron lehnte. Andere gingen zu den Feuern der Geringeren, die überall im Lager brannten und an denen man die morgens geschlachteten Ochsen briet. Das Volk feierte, und Getränke machten die Runde. Es gab Wein von den verlassenen Gütern reicher Männer, und Gerstenbier, das die Frauen, so gut sie konnten, gebraut hatten. Es war ein hartes, unverdünntes Zeug, feurig wie ein Hengst.

Manche der älteren Krieger schüttelten angesichts der ausgelassenen Feierei den Kopf, da man doch nicht wußte, wie lange wir noch warten mußten, mit immer enger geschnallten Gürteln, bis die Rothelme sich endlich rührten.

Aber ausreichend Nahrung ist nicht das einzige, was ein wartendes Heer braucht, um den Kampfmut nicht zu verlieren. Sogar ich weiß das, obwohl ich kein Krieger, sondern nur ein Harfenspieler bin. Vielleicht weiß ein Harfenspieler das sogar am besten.

Aber dies war nicht der rechte Abend, um die Harfe erklingen zu lassen. Das tut man in einer Festhalle oder an einem Jagdfeuer unterm Sternenhimmel, oder man macht für ein paar Leute, die zusammensitzen, Musik oder für die Königin in ihrem Zelt. Für ein Kriegsheer aber stimmt man die Harfe nicht an.

Nachdem das Essen vorüber war, wurden die Trinkkrüge herumgereicht. Von allen Seiten traten nun die Frauen auf den Platz, wo das königliche Feuer brannte. Dorthin war auch Boudicca aus ihrem Zelt aus Pferdefell getreten und hatte sich hingesetzt, die Prinzessinnen neben ihr. Die Frauen reichten sich die Hände, und zur Musik von Rohrflöten, die immer schriller und schneller tönten, tanzten sie im Kreis den Korntanz auf die althergebrachte, geheime Art. Die Rhythmen wurden schneller und schneller, und der Gerstensaft erhitzte das Blut. Da erhoben sich die Prinzessinnen von ihrem Platz vor dem langgezogenen Zelt, um mitzutun, mit leuchtenden Augen und fliegenden Armen und Haaren.

Nun griffen die Trommeln aus Wolfsfell die Flötenmusik auf, und tapfere junge Krieger sprangen auf den freien Platz und fingen an herumzuwirbeln und mit erhobenen Speeren zu stampfen. Keinen kümmerte, daß es ein Kriegertanz war, und keinesfalls einer für den Kornkönig. Nichts mehr schien wichtig. Nur das Drehen und Stampfen und die wilden Schreie und die heftigen Rhythmen, die immer eiliger und lauter klopften, wie das Fieber im Blut.

Nun ordneten sie die bloßen Schwerter in glänzenden Mustern auf dem Grab an, das jetzt fast glattgetreten war, und hüpften immer weitertanzend in den Zwischenräumen herum – ein falscher Tritt hätte den Verlust des Fußes bedeutet. Sie zogen brennende Äste aus dem Feuer und riefen: «Wir sind die Sonne, die das Korn reifen läßt! Komm Ernte!» Dabei ließen sie die Zweige kreisen, so daß hell leuchtende, flammende Sonnenräder entstanden, und zogen die Frauen zu sich, damit diese auch tanzten. In meinem Leben habe ich viele Kornfeste gesehen, aber keines war wie dieses. Ich hatte das Gefühl, das Klopfen der Trommeln sei eins mit meinem Herzschlag, und das schrille Getön der Flöten entfachte ein grelles Feuer in meinem Kopf. Unheimliche Schatten von etwas Unsagbarem krochen aus dem schwarzen Dickicht der Bäume hervor und fingen außerhalb der Reichweite des Fackellichtes ihre eigenen Tänze an.

Jetzt war für den Kornkönig der Augenblick des Todes gekommen, und die Frauen stürzten sich auf das Gerstenbündel, das auf seinem Grasthron hockte. Singend schlugen sie ihm den Ährenkopf ab, und in einem Goldregen flogen die Körner nieder. Halm um Halm zogen sie heraus, bis nichts mehr von dem König übrig war. Der wirbelnde

Tanz war zu Ende, die Musik der Flöten und das Pochen der Trommeln verstummte, und die dunklen Gestalten hinter dem Fackelschein waren verschwunden.

Nun begannen die jungen Tapferen, wie es der Brauch ist, die Hände der Mädchen zu ergreifen, die ihnen gefielen; und die Mädchen streckten den Kriegern ihrer Wahl die Hände entgegen. Zusammen rannten sie dann in die Dunkelheit, wo kein Feuer mehr hinleuchtete. So endet das Kornfest jedesmal. Und zehn Monate später, nach den Beltane-Feuern, die den Sommer ankündigen, werden im Pferdevolk viele Kinder geboren.

Zwei junge Krieger rannten lachend mit blitzenden Augen und erhitzt vom Bier dahin, wo die Prinzessinnen nebeneinander standen. Essylt schrie fürchterlich – es klang wie der schrille Schrei eines Habichts – und schlug empört nach dem Jungen, der ihre Hände packen wollte. Und ich sah, wie Nessan, die der andere ergriffen hatte, rasch ihren dunklen Kopf niederbeugte und ihre Zähne in die Hand grub, die ihr Gelenk umfaßte. Magische Eisenkrautblüten waren in ihr Haar geflochten. Alles schien mir wie ein langsam sich abspielender Traum. Der junge Krieger schrie vor Überraschung und Schmerz auf, legte dann aber seinen anderen Arm um sie und zwang sie, ihren Kopf wieder zu heben.

Ich hatte geahnt, daß dies einmal geschehen würde. Früher, bevor der Statthalter und seine Männer zur königlichen Festung gekommen waren, hätte keiner gewagt, die Kronprinzessin und ihre Schwester zu berühren, es sei denn, er war durch die Brautwahl dazu ermächtigt. Die Königstöchter waren unantastbar, sie verkörperten den Fluß, durch den die ungebrochene Lebenslinie, das Leben des ganzen Volkes, strömte. Aber nach dem Besuch des Statthalters und seiner Männer hatte sich alles geändert. Auch die Königin mußte gewußt haben, daß dies einmal geschehen würde und daß es das Ende der Königslinie bedeutete, wenn die Prinzessinnen von den Männern so wie die anderen Mädchen des Stammes behandelt würden. Ja, das könnte sogar der Anfang vom Ende des gesamten Volkes sein.

Ich war gespannt, was sie tun würde.

Boudicca war aufgesprungen und stand mit erhobenen Armen da. Um das königliche Feuer begann es still zu werden, nur im übrigen Teil des Lagers und in den dahinterliegenden ging das Lärmen des Kornfestes weiter. Als alle verstummt waren und jeder sie anstarrte, ließ sie die Arme sinken. Keiner rührte sich, nur sie allein konnte das Schweigen wieder aufheben.

Schließlich begann sie, und sie sprach gar nicht so laut: «Ergreift die beiden!»

Einer der Leibwächter sprang auf sie zu. Die jungen Tapferen standen mit hängenden Armen da. Jetzt waren sie nüchtern.

«Führt sie her», sagte die Königin.

Man drehte ihnen die Arme auf den Rücken und brachte sie zu Boudicca.

Die Königin blickte sie von oben bis unten an: «Wir haben es schon viel zu lange mit dieser Verstellung getrieben und der Allmutter zur Erntezeit dieses Scheinopfer gebracht. Ich denke, die Allmutter ist dieser Heuchelei allmählich müde. Deshalb wollen wir zu unserem alten Brauch zurückkehren und ein echtes Opfer bringen.»

Einer der jungen Männer fuhr sich mit der Zunge über

die trockenen Lippen. Der andere schluckte mühsam. Keiner versuchte zu fliehen.

«Und dieses Mal soll es ein Doppelopfer sein.»

Die Wolfsfelltrommeln begannen wieder zu dröhnen, diesmal klangen sie anders, es war wie eine dunklere Stimme, die nach Blut rief.

«Laßt sie los. Sie werden nicht davonlaufen.»

Prinzessin Essylt stand unbeweglich wie ihre Mutter. Ihre Lippen waren geöffnet und entblößten die Zähne. Ihre Augen leuchteten heller, als Liebe es je zu bewirken vermocht hätte. Aber Nessan rannte herbei und warf sich ihrer Mutter zu Füßen. Sie flehte: «Nein! O nein, Mutter, es ist genug Blut geflossen!»

Mit leeren Augen blickte die Königin auf sie herunter: «Nein! Wir haben mit dem Blutvergießen kaum angefangen. Aber bald wird genug Blut geflossen sein!»

Sie machte den beiden Leibwächtern ein Zeichen, und sie zogen ihre Schwerter.

Die jungen Kämpfer standen bewegungslos nebeneinander, wie vom nahen Tod behext. Ich dachte an die Ziege, wie sie plötzlich stillhielt beim Cran-Tara, damit man ihr die Kehle durchschneide.

Und dann, im letzten Augenblick, hörte man plötzlich jemanden kommen, veränderte, laute Stimmen hinter dem Feuerschein, und die Königin gebot den Männern mit den Schwertern Einhalt. Die Trommeln verstummten.

In das Licht des königlichen Feuers trat einer jener Jäger, die das Auge und Ohr des Heeres sind. Sein Gesicht glänzte vom Schweiß, lange war er gerannt. Er drängte sich zur Königin durch und blieb schwer atmend vor ihr stehen.

«Welche Nachricht bringst du?» sagte die Königin.

«Herrin, die Rothelme sind dabei, ihr Lager abzubrechen. Sie haben schon berittene Späher an die Furt stromaufwärts gesandt, ebenso eine starke Truppe, welche die Brücke in Londinos besetzt.»

So war das Warten also endlich vorbei.

«Das ist eine gute Nachricht», fuhr die Königin fort. «Das Kornfest ist zu Ende. So werden auch wir unser Lager abbrechen.» Sie wandte sich zu den beiden Tapferen, neben denen noch immer die Männer mit gezogenen Schwertern standen.

«Nun, ich gebe euch eure Köpfe zurück. Die Allmutter sagt, daß sie wartet. Statt dessen aber verlange ich, daß ihr mir am Kampftag den Kopf von Suetonius Paulinus bringt, der sich Statthalter von Britannien nennt.»

Erleichtertes Aufatmen ging durch die um das Feuer versammelte Menge. Die beiden Männer schauten sich an und lachten. Sie wußten, daß sie durch die ihnen auferlegte Aufgabe immer noch unter dem Todesurteil standen, aber jetzt bedeutete es Tod im Kampf, was besser ist, als wenn man sich den Kopf abschlagen lassen muß. Ich wußte, selbst wenn wir siegten, würde ich sie nicht wiedersehen.

Schon verbreitete sich die Neuigkeit ringsum in allen Lagern, sie lief bis zum Waldrand. Und die ganze Nacht über würde man das Beben und die Erregung des Heeres hören, das sich auf den Kampf vorbereitete.

Vielleicht ist dies das letzte, was ich Dir schreiben kann, Mutter. Morgen abend um diese Zeit wird alles so oder so vorüber sein. Wir warteten eine Ewigkeit auf Verstärkung aus Gallien, bis es keinen Zweifel mehr gab, daß sie nicht kommen würden; auch wurde die Versorgungslage hoffnungslos. Aus diesem Grund beschloß Paulinus, mit den Männern, die ihm zur Verfügung standen, anzugreifen. Es sind etwa zehntausend, die einheimische Reiterei und ungeübte Hilfstruppen inbegriffen. Vor ein paar Tagen brachen wir unser Lager ab, und ein Teil von uns marschierte zur Brücke von Londinium, die übrigen zur Furt oberhalb der Stadt. Es gab ein heftiges Scharmützel mit einer Truppe Stammesangehöriger an der Furt, die meiner Meinung nach dort postiert war, um uns aufzuhalten. Es war von vornherein hoffnungslos für sie, uns am Vordringen zu hindern. Felix wurde unter mir der Bauch aufgeschlitzt. Wir hatten uns erst seit ein paar Monaten gekannt, aber er war ein guter Gefährte, und ich werde ihn vermissen. Es machte mir besonderen Spaß, den Mann, der es getan hat, umzubringen.

Die letzte Nacht verbrachten wir in einem Durchgangslager nördlich von Londinium. Danach stießen wir etwa eine Meile zu einem Ort vor, den Paulinus offenbar schon die ganze Zeit über im Auge gehabt hatte. Von dort aus hätten wir die beste Möglichkeit (wenn es denn eine gibt), gegen diese Übermacht von etwa Zehn zu Eins zu siegen. Wir befanden uns in einer engen

Schlucht, die sich nach Südosten öffnete und hinter uns und an beiden Seiten dicht bewaldet war, wirklich dichtes Zeug, verrottete Eichen, Eiben und Weißdorn. Ein Dickicht, das nicht einmal die Britannier durchdringen können. Natürlich haben wir Späher ausgeschickt, die Wache stehen, falls das Unmögliche doch eintreten sollte. Vor uns liegt offenes Buschland. Ich glaube, dies ist das erste Mal in der Geschichte, daß die mit der Adlerstandarte über Nacht kampiert haben, ohne saubere viereckige Wälle und Gräben anzulegen. Aber da wir morgen nur von da aus kämpfen werden, wo wir heute nacht schlafen, und den natürlichen Schutz des Waldes von hinten und an den Seiten haben, scheint es besser, den Boden nicht aufzureißen. Das Zelt des Statthalters wurde in der Mitte des Lagers aufgeschlagen, davor sind die Adler und Kohortenstandarten aufgereiht. Wir haben ihm einen Grashügel als Aussichtsplatz für morgen aufgebaut, das ist alles. Oh, und wir haben Latrinen ausgehoben. Ich glaube, wenn das Ende der Welt bevorsteht, werden wir uns mit dem Einrichten von Latrinen darauf vorbereiten. Paulinus ist von einem Wachfeuer zum nächsten gegangen und hat mit den Männern gesprochen. Ich denke, das übliche. Die Ehre der Adler, die Ehre Roms, über die ganze Zukunft Roms in Britannien. Er wird daran erinnert haben, daß die Feinde, wenn sie uns auch zahlenmäßig Zehn zu Eins überlegen sind, doch einen undisziplinierten Haufen darstellen, der nur aus dem Hinterhalt gefährlich ist oder auf einem Gelände ihrer Wahl. Wir hingegen sind gut geschulte und gehorsame Soldaten, im Kampf von Mann zu Mann sind wir ihnen zehnmal überlegen. Und je weniger wir seien, desto weniger müßten sich den morgigen Sieg teilen. «Also wenn es zum Kampf kommt», sagt er, «bleibt dicht zusammen, und wenn eure Pfeile verschossen sind, heraus mit den Schwertern, und schlagt ihnen mit dem Schildknauf die Gesichter ein.» Das letztere erntete den größten Beifall.

Nun, das ist eigentlich alles. Jetzt müssen wir nur noch warten. Es bringt nicht viel, es mit Schlafen zu versuchen. Paulinus schläft nie am Vorabend einer Schlacht, und er sieht nicht ein, warum seine Mannschaft das nicht auch aushalten sollte. Außerdem wirkt das Wissen um Boadicea und ihr Kriegsheer nur ein paar Meilen entfernt von uns da draußen im Dunkeln nicht gerade als Schlafliedchen. Was für eine Frau! Ich glaube, wenn sie morgen den Sieg davonträgt, wird man darüber ein Lied machen, das tausend Jahre lang in ganz Britannien gesungen wird. Die Britannier sind ein großartiges Volk, wenn es um das Verfassen von Liedern über ihre Helden geht. Erleidet sie aber eine Niederlage, wird es auch eines geben, allerdings wird es ein Klagelied sein.

Ich glaube, ich bin doch fast eingeschlafen. Ich stehe besser auf und laufe ein wenig herum.

Die rote Ernte

Das Kriegsheer quoll aus dem Wald und wandte
sich nach Süden und Westen gegen die Ruinen von Londinium. Es waren so viele, als wären alle Blätter von den
Bäumen gefallen und hätten sich in Kämpfer verwandelt.
Männer zu Fuß, zu Pferde und in Wagen, mit Speeren in
den Händen, die blutgierig waren nach so langer Warte-
zeit. Die großen Ochsenkarren mit der Ausrüstung waren
dabei, darin saßen die Frauen, Kinder und Priester, und
mittendrin schwankte der Königswagen einher wie ein
Schiff auf trockenem Land. Und allen voran führte die
Königin die Wagenkolonnen an.

An einer Stelle senkt sich der Wald gegen Londinium ab,
das heißt gegen jene Öde, wo Londinium einmal war. Vom
offenen Buschland steigt ein Tal dort hinauf. Die Seiten und
die Hochfläche sind dicht von Bäumen umsäumt, es gibt
dort Eiben, Weißdorn und knorrige Zwergeichen, kaum ein
Tier kommt da hindurch. Als man der Königin die Kunde
brachte, daß die Rothelme dort nächtigten, nicht mehr als
zehntausend, die abtrünnigen Stammesangehörigen, die sie
Hilfsmannschaften nennen, mitgezählt, ebenso ihre Reiterei, worüber die Icener immer nur gespottet hatten, lachte sie
und sagte: «Sicherlich haben ihre Götter sie wahnsinnig gemacht, daß sie sich in eine solche Falle setzen, und wir brauchen keinen Finger zu rühren, um sie da hineinzutreiben!»

In dieser Nacht richteten wir unser Lager kaum drei römische Meilen davon entfernt ein. Am nächsten Morgen, als die Sonne aufging und die Nebel noch den Fluß einhüllten und der Morgentau des Spätsommers vom Adlerfarn aufsprühte, wenn die Pferde ihn mit ihren Hufen streiften, machten wir uns auf das letzte Stück Weg. Wir waren wie ein riesiger Schatten, der sich über das Land ergießt, der Schatten einer mächtigen Sturmwolke, die aus Männern und Pferden bestand und sich in die Breite und Länge erstreckte, soweit das Auge reichte. Und aus diesem Sturmdunkel dröhnte der rollende Donner von Rädern und Hufen und trampelnden Füßen, blitzten die Speerspitzen und das Pferdegeschirr und die eroberten Standarten, die wir mit uns führten, im Licht der waagerecht stehenden Sonnenstrahlen auf.

Wir kamen in Sicht des Tales, und unser Leuchten wurde vom Aufblitzen des Sonnenlichts auf römischen Speeren und Helmen und den großen Adlerstandarten, die uns erwarteten, erwidert. Auf weitausgebreiteten Sturmflügeln schienen wir zu ihnen hingetragen zu werden; nicht etwa schnell, denn durch unsere von Ochsen mühsam gezogenen, dahinschwankenden Wagen in der Nachhut kamen wir nur langsam vorwärts. Aber wir hatten keine Eile. Sie waren ja eingesperrt. Eingepfercht wie Vieh, das auf die Schlachtung wartet. Als wir uns näherten, kündeten sie mit den Silbertrompeten Widerstand an, und unsere großen Kriegshörner dröhnten dumpf als Antwort.

Die Morgenschatten der Männer waren noch baumlang, als wir zum Halt kamen. Wir verteilten uns in einem riesigen Halbmondkreis vor dem Eingang zum Tal. Die Stämme waren jeweils unter ihren eigenen Anführern auf-

gestellt; die Speerträger und die Reiter zuerst, die Wagenkolonnen in der Mitte, im Hintergrund waren die Karren
aufgereiht, die Ochsen zum Grasen freigelassen. Es gab
keine Eile. Kurz vor Mittag waren wir bereit. Währenddessen hockten die Rothelme auf ihren Hinterteilen im
Eingang zum Tal oder standen auf ihre Speere gelehnt und
beobachteten uns. Ihre Pferde waren unruhig und wieher-
ten den unseren entgegen, die auch unruhig waren und
zurückwieherten. Aber die Rothelme waren ja nur so wenige! So wenige Kämpfer hatten sie, daß es sich kaum zu
lohnen schien, das ganze Heer auf sie loszulassen; natürlich
würden die unseren vor Zorn einen Aufstand gemacht
haben, wenn man sie abgehalten hätte, an dem Töten teilzunehmen.

Die ganze Zeit fuhr die Königin in ihrem Wagen hin und
her, griff selbst zu den Zügeln und lenkte ihre tänzelnden
Pferde zu diesem oder jenem Stamm und sprach mit den
Männern: mit den Brigantes, den Kriegskatzen, unserem
eigenen Pferdevolk. Die Prinzessinnen folgten in einem
anderen Fahrzeug.

«Ich bitte euch, seht doch wie wenige sie sind», sprach
sie. «Aber was bedeutet uns ihre Zahl? Wir sind ein stolzes
Volk, wir kämpfen für uns selbst. Denkt an die Freiheit, die
sie uns raubten und die uns wieder gehören wird, ich ver-
spreche euch, es wird ein kurzer Kampf. Und noch bevor
wir die Kochfeuer heute abend anfachen, werden wir alles
Unrecht gerächt haben und wieder unsere eigenen Herren
sein!»

Von allen Seiten hörte man Lachen. Die Männer riefen:
«Boudicca! Boudicca!» und schlugen zum Gruß mit ihren
Speeren gegen die Schilde.

Dann kehrte sie zum Königswagen zurück. Die Prinzessinnen stiegen aus und warteten bei den Frauen ihrer Sippe. Sie durften nicht mit ihr in die Schlacht reiten, denn sollte die Königin während des siegreichen Kampfes sterben, wäre das königliche Blut noch immer bewahrt und die Lebenslinie ungebrochen, und das Pferdevolk würde nicht ohne Königin zurückbleiben.

Häuptlinge und Heerführer kamen und gingen. Die Sonne stand im Mittag, da sandte Prinz Andragius der Königin einen Boten: «Es ist Zeit, den Befehl zu geben.»

Sie ließ erwidern: «Es ist noch Zeit genug, bevor die Kochfeuer angezündet werden. Sie haben uns so lange warten lassen, laß sie noch eine Weile schwitzen.»

Zur rechten Seite, weit von unserer Kampflinie, war ein kleiner Hügel, auf dessen Kamm ein paar Weißdornbüsche wuchsen. Dort hatten sich die Priester versammelt, sie trugen Eichenlaubkränze auf ihren Häuptern. Sie hatten die Arme erhoben und machten die vorgeschriebenen Bewegungen, sangen in ihrer alten Sprache, ihre Füße bewegten sich kein einziges Mal, als seien sie da oben, wie der Weißdorn, eingewurzelt. Auch Boudicca stand unbewegt da, sie blickte zum Feind hinüber; ihre rotfarbenen Pferde tänzelten unruhig vor ihr, warfen die Köpfe hoch und schlugen mit ihrem Schweif nach den Viehbremsen, die in wild stechenden Schwärmen über den Wagenkolonnen schwebten.

Ich war auch da. Ich wollte bei den Kämpfern sein, meine Harfe sicher im Königswagen zurücklassen, aber Boudicca sagte: «O nein, mein Harfenspieler. Wenn du an der Schlacht teilnimmst, wirst du außer den drei Männern, die unmittelbar neben dir sind, nichts von der Schlacht wahrnehmen, und höchstwahrscheinlich bekommst du einen

Speer in die Kehle. Wie sollst du dann noch für mich das Lied von den Siegen der Königin machen, das tausend Winter lang an den Herdfeuern gesungen werden wird? Bleibe du hier und schaue alles an, von Anfang bis zum Ende.»

Und dann geschah wirklich etwas Eigenartiges. Aus dem Gestrüpp nahebei brach ein Hase hervor, wie er es sonst im Getreidefeld tut, wenn er vor einer Reihe von Schnittern flieht. Der Hase ist allen Stämmen heilig, sei es das Volk des Hirsches, des Pferdes oder die Kriegskatzen. Kurz vor dem Hügel hielt er an und setzte sich auf seine Hinterläufe. Ich sah ihn in seiner ganzen Schönheit, sein hell aufblitzendes Auge, das Sonnenlicht, welches durch seine langen, bebenden Ohren schimmerte und sie tief rosenrot färbte und jedes zarte Aderästchen zeigte. Einen Atemzug lang schien er die Königin anzuschauen, dann sprang er mit einem mächtigen Satz seiner Hinterläufe hoch und rannte an unserer Kampflinie entlang davon.

Ein Triumphschrei erhob sich von den wartenden Kriegern, und die Stimme der Königin erschallte wie eine Trompete über dem Stimmengewoge: «Die Allmutter ist bei uns! Alle unsere Götter sind bei uns! Jetzt! Vorwärts! Nieder mit ihnen!»

Hoch schwang sie ihres Vaters Schwert, es schien mir, als ob einzelne Bruchstücke von Licht von der Klinge absprängen im heißen Sommerdunst. Und unter dem Aufheulen der Kriegshörner griffen wir an.

Sie hatte mir angetragen, auf einem kleinen Hügel zu warten. Und von dort sah ich, Gram komme über mein Haupt, sah ich, wie alles geschah, vom Anfang bis zum bitteren Ende.

Die Trompeten der Römer gellten, und weit hinten in den Reihen der Rothelme erhoben sich die Männer, die vorher gesessen oder sich auf ihren Speer gestützt hatten, und bildeten eine dichte Schutzmauer. Gegen sie rollten unsere Wagenkolonnen an. Zuerst langsam, die Pferde warfen die Köpfe hoch, dann gewannen sie an Geschwindigkeit, kraftvoll und furchteinflößend jagten sie dahin. Ich spürte das Zittern des Bodens unter den dröhnenden Hufen und rasenden Wagenrädern, als die große halbmondförmige Kampflinie gegen die wartende Mauer aus Rothelmen anrannte. Rechts und links sah ich Männer unter dem ersten Speerhagel der Römer zu Boden gehen, aber der Rest donnerte weiter voran und brach in die Reihen ein, die sie wie eine Festung erwarteten. Plötzlich sah ich große Löcher in dem vordersten Wall, durch die sich die Wagen ergossen, um sich auf den nächsten, dahinterliegenden Wall zu werfen. Die Staubwolke wurde dichter. Unter dem Geschrei unserer eigenen Speerträger, die wie Hunde waren, welche die Jagdbeute wittern, konnte ich kaum noch den Schlachtlärm ausmachen. An einer Stelle, vielleicht auch an einigen mehr, brachen die Wagen noch einmal durch. Dann kam es zum Halt. Dort mußte eine dritte Schlachtlinie sein, und die muß gehalten haben. Und aus dem Getümmel kamen die Wagen wieder hervor und jagten zurück zu den Stämmen. Etwa auf halbem Weg wendeten sie rasch und stürmten, von unseren Reitern flankiert, wieder den Feinden entgegen, die kaum Zeit hatten, sich von neuem aufzustellen.

Über dem Kampfgetöse wogten das schrille Gellen der Trompeten und das Dröhnen der Kriegshörner hin und her. Und dieses Mal sah ich, daß ihnen der Durchbruch gelang. Näher und näher preschten sie, bis sie fast bei den wartenden Rothelmen waren. Und im letzten Augenblick vor dem Zusammenprall schien ihre Mitte weit aufzureißen wie eine schreckliche rote Wunde. Pferde stürzten zu Boden, schlugen um sich und rissen ihre Wagen mit; und die zweite Wagenkolonne war zu nah daran, um auszuweichen, und raste kopfüber in sie hinein und steigerte das allgemeine Durcheinander. Die Luft darüber war schwarz von wirbelnden Speeren und Schleudersteinen, abgefeuert von der vorwärtsdrängenden Masse unseres Fußvolkes. Unter dem schwarzen Hagel veränderte sich mit einmal die Schlachtordnung des Feindes. Aus dem dreifachen Schutzwall war plötzlich eine Keilspitze geworden. Ein schrecklicher, schildumsäumter Keil mit gezahnten, dorngespickten, schneidenden Schwertklingen, die sich in den freien Raum drängten, den ihnen ihre Speere gebahnt hatten, und sie schlugen zu und schlugen zu ...

Die Trompeten der Rothelme erhoben sich kreischend wie wütende Habichte über dem Schlachtenlärm, dem Kriegsgeschrei, dem angstvollen Wiehern der Pferde und den unter Krachen zersplitternden Wagen.

Die Königin eilte von ihrem Beobachtungsposten auf dem Hügel herunter. Sie sprang in ihren Wagen und rief dem Lenker etwas zu, man konnte sie nicht verstehen. Ich sah, wie er mit seinem Stachelstock zuschlug und die Pferde vorwärtsstürzten, von ihren verletzten Flanken spritzte Blut. Der Standartenträger der Königin galoppierte neben ihr her. Sie winkte die letzte Gruppe der Kampfwagen herbei. Ich sah sie davonfliegen wie eine Gänseherde im Winter. Sie trafen auf die letzten Krieger der zweiten Wagenkolonne, die gerade zurückkamen. Ich fragte mich, ob sie diese wohl zur Umkehr bringen konnte, und wenn nicht, ob sie von ihnen überrannt und zu Boden gerissen werden würde. Aber das wartete ich nicht ab. Ich nahm den Harfensack von meiner Schulter und hängte ihn an einen Weißdornast, denn die Zeit fürs Harfenspiel war nun vorbei. Ich lief vom Hügel herunter und zog dabei mein Schwert. Ein herrenloses Pferd galoppierte mit vor Angst geweiteten Augen an mir vorbei, ich fing es ein und jagte mitten ins Schlachtgetümmel, der Königin zur Hilfe.

Und dann kam es, wie sie gesagt hatte; eine Zeitlang nahm ich vom Kampf nur die drei Männer wahr, die sich in meiner unmittelbaren Nähe befanden. Meine Nase war vom Geruch nach Blut und Schweiß erfüllt, und die Staubwolke, aus der Männer und Pferde immer wieder hervorschossen, drohte mich zu ersticken. Die Königin hatte ich ganz aus den Augen verloren, ich wußte auch gar nicht, wo sie war, so konnte ich ihr nicht mehr folgen. Die Schlacht hatte jede Ordnung, jeden Sinn verloren. Aber ich wußte genau, irgendwo mittendrin war dieses spitzmäulige Ungeheuer, das die Rothelme auf uns losgelassen hatten. In meiner Vorstellung war es ein Ungeheuer und nicht eine Gruppe Sterblicher, die gegen uns angetreten war. Allmählich nahm ich im wirbelnden Staub und dem roten hin und her trampelnden Schlachtgewoge andere Dinge wahr. Immer neue feindliche Wogen überspülten uns von den Seiten, berittene Soldaten fielen über unser dicht beieinander stehendes Fußvolk her und schlugen eine Bresche in das Stammesvolk, so daß unsere Krieger niederfielen wie die Gerste unter den Schnittern.

Unser Heer wurde auseinandergerissen. Vereinzelte, verzweifelte Gruppen von Männern sammelten sich um ihren

Anführer oder ihre Standarte und starben, wenn sie unter die Hufe der wild um sich schlagenden verwundeten Pferde gerieten. Und langsam, unaufhaltsam bewegte sich der aus den Fugen geratene Kampf nur noch in eine Richtung. Die geringeren Männer flohen vorbei an den kleinen, standhaften Trüppchen, die abgeschnitten waren. Panik ist etwas Seltsames und Schreckliches, und wenn sie einmal ausbricht, ist sie so ansteckend wie das Gelbfieber. Mit einmal rannte alles mit weit aufgerissenen Augen und Mündern um mich her; einige warfen sogar ihre Speere weg. Ich wurde von der Woge erfaßt und mitgerissen zu den Wagen, die im Hintergrund aufgestellt waren. Da begriff ich erst, was das für ein Hindernis war, wo obendrein die Ochsen zum Grasen freigelassen waren! Es blieb keine Zeit, die Fahrzeuge beiseite zu ziehen. Nicht die Rothelme saßen in der Falle, sondern wir.

Da dachte ich nur noch eines, ich mußte zum Königswagen und zu den Prinzessinnen. Ich wußte nicht, ob ich irgend etwas helfen könnte. Es gelang mir, mein Zufallspferd herumzureißen, und ich trieb es in die Richtung, wo ich die roten Pferdeschwanzwimpel über dem Dach des Wagens noch sehen konnte. Ich war fast dort, als ein Speer das Tier in die Kehle traf, es stieg hoch, wieherte schrill, vom eigenen Blut fast erstickt, und stürzte dann zu Boden. Gerade noch konnte ich mich aus dem Sattel werfen. Ich sprang auf und rannte weiter. Ich glaube, ich habe mit meinem Schwert mehr als einmal unsere eigenen Leute getroffen, als ich mir den Weg bahnte. Und endlich hatte ich mein Ziel erreicht.

Die Frauen versuchten eiligst, die Wagen wegzuziehen, um Platz dazwischen zu schaffen. Aber es war hoffnungslos, selbst wenn noch Zeit dazu gewesen wäre. Einige konnten dem Schlachtgetümmel sicher an den äußersten Seiten und an den Enden der Wagenkolonnen entkommen; wären sie in kleinen Gruppen geflohen, hätten sie unter den Wagen hindurch und zwischen den Rädern sich retten können. Aber was sich da heranwälzte, war eine riesige Menschenwoge, dicht gedrängt und in größter Verzweiflung, ihre Jäger dicht auf den Fersen.

Einigen der ersten gelang die Flucht. Die übrigen setzten sich, mit oder ohne Waffen, gegen den Feind zur Wehr; sie hatten keine andere Wahl; es waren Männer und Frauen, ja sogar Kinder beteiligten sich. Sie kämpften mit Stein und Bogen oder dem Dolch eines Gefallenen.

Also fielen die Rothelme mit ihren mordenden Dolchschwertern über uns her.

Einige unsres Stammes machten den Königswagen zu unserem letzten Sammelplatz, mit uns kämpften die königlichen Frauen. Ich erinnere mich an Essylt, die sich an dem Wagenrand festhielt, einen Fuß auf der Radnabe, das Schwert eines Toten in der Hand. Ihr flatterndes rotes Haar umrahmte ihr Gesicht, sie kämpfte wie eine Wildkatze und sang ein schreckliches, selbsterdachtes Lied, während sie wieder und wieder zuschlug, bis ein Legionär sie mit seinem Schwert neben dem Brustbein traf. Ihr Gesang brach mit einem Schrei ab, und sie fiel hinunter in das wogende Schlachtgetümmel.

Nessan kämpfte neben mir mit einem Dolch als Waffe. Währenddessen rief sie immerzu meinen Namen, als bedeute meine Gegenwart Rettung, Sicherheit, etwas, worüber sie froh war.

Das Rufen und Schreien steigerte sich dergestalt, daß

175

man meinte, der Himmel bräche ein. Die Reiter der Rothelme jagten mit ihren langen Säbeln zur Unterstützung der Männer herbei, die mit den Kurzschwertern kämpften. Jedes lebende Wesen, das ihnen in den Weg kam, sei es Frau, Mann, Kind oder Pferd, machten sie nieder. Sie hatten eine Menge zu rächen: Drei Städte und vier Truppen der neunten Legion! Die Haufen zerhackter und übel zugerichteter Toter wurden immer höher.

Ein Rothelm, dessen Schulterschutz halb heruntergerissen war, sprang über die Gefallenen hinweg. Ich stürzte vor, um sein Schwert zu treffen und abzuwenden, im selben Augenblick stürmte ein Reiter, in seinen Sattel geduckt, herbei. Er holte mit seiner langen Klinge aus und ließ sie herniedersausen, da fiel Nessan gegen mich und stürzte zu Boden. Mein eigenes Schwert hatte sein Ziel erreicht, ich zog es heraus und hörte den Knochen knirschen, als der Rothelm nach hinten kippte. Ich blickte hinunter, da lag Nessan, eigenartig verrenkt, das Gesicht zum Himmel gewandt, und Blut quoll zwischen Hals und Schulter hervor.

Ich sah, daß sie etwas rief, konnte es aber im allgemeinen Tumult nicht verstehen. Sie blickte mich durchdringend an, und es war, als streckte sie die Arme nach mir aus, wie sie es als sehr kleines Kind getan hatte.

Da wußte ich, der Kampf war verloren. Es schien mir wie ein Traum, daß alles, was zu tun blieb, die Rettung des Kindes war. Ich steckte mein Schwert in die Scheide, beugte mich nieder und schob die Körper beiseite, die schwer auf meinen Füßen lasteten. Zwischen den Wagenrädern gab es eine kleine Öffnung. Wenn ich sie da hindurch an einen schützenden Ort bringen konnte, würde es mir vielleicht gelingen, sie wegzuschaffen, wenn das Schlachten ein Ende nahm und es dunkel wurde.

Sie war sehr leicht. Aber gerade als ich niederkniete und sie mit meinen Armen umfaßte, spürte ich plötzlich an meiner linken Seite, wo der weiche, ungeschützte Teil zwischen Rippen und Hüfte ist, einen heftigen Schmerz, der mir fast die Sinne raubte. Ich zog eine dünne Speerspitze heraus, da schienen meine Kräfte zurückzukehren wie Wasser. Ich legte mich schützend über Nessan und rührte mich nicht mehr. Irgendwo über uns schrie eine Frau in einem Wagen so laut, daß man es in all dem Lärm hören konnte. Ich schmeckte Blut in meinem Mund, jeden Moment erwartete ich den Todesstoß – ich wußte nicht, daß ich ihn schon erhalten hatte. Aber die Rothelme mordeten weiter, und sie brüllten laut, als sie wieder und wieder zuschlugen. In der darauffolgenden Atempause, richtete ich mich auf und zog Nessan weiter unter den Wagen und schützte sie wieder mit meinem Körper.

Und schwach tauchte in mir die Erinnerung an das Gewitter über dem Marschland auf, als Prasutagus sich vor der in wilder Hast fliehenden Pferdeherde über Boudicca geworfen hatte. Dann versank für eine Weile alles in einem Traum, erfüllt von Tumult und Schreien, die weder Ort noch Zeit, noch Bedeutung hatten.

Als ich viel später wieder zu mir kam, war das Kampfgetöse einer tiefen Stille gewichen. Nur ab und zu ertönte ein rauher Schrei, dann wieder hastige Schritte, die kamen und gingen und wiederkehrten, irgendwo ein Mann, der einem anderen in der römischen Sprache etwas zurief, während die Rothelme ihrem Plünderungswerk nachgingen. Ein Wolf heulte in der Ferne, und schon längst war das

Tageslicht geschwunden, und die Dämmerung war in die Dunkelheit übergegangen.

Da war plötzlich ein anderes Licht, rot war es und wechselnd, ein knackendes Geräusch – sie zündeten die mit Toten beladenen Wagen an. Durch die Lücken der Bodenbretter über mir fiel schräg ein roter Schein. Der Königswagen stand in Flammen, und jetzt fielen brennende Stükke rings um mich zu Boden.

Ich dachte, daß ich das Kind fortbringen müßte. Das Feuer schien durch die Wunde an meiner Seite zu dringen, als ich mich erhob. Aber ich konnte mich bewegen. Der Boden unter meinen Händen war blutgetränkt, war es meines oder ihres oder beides gemischt? Sie lag völlig still. Der Feuerschein des nächsten Wagens fiel zwischen den Rädern auf ihr Gesicht und schien es zu beleben, ihre Augen waren weit geöffnet und ruhten auf mir. Aber sie lag genauso da, wie ich sie gebettet hatte, und wahrlich, sie war furchtbar still.

«Komm, mein kleines Vögelchen», flüsterte ich närrischerweise. «Wach auf! Wir müssen fort!» Ich würde sie ans andere Ende des Wagens bringen, und wenn wir uns aus dem Feuerschein davonstehlen könnten, bevor man uns sah, würde uns die Dunkelheit Schutz bieten.

«Nessan!» sagte ich. «Wach jetzt auf!» Ach, ich war nicht mehr ganz bei Sinnen.

Und dann sah ich, daß sie tot war.

Ich zog sie an den Schultern weiter unter den Wagen. Wenn er zusammenstürzte, würde er sie unter sich begraben und dahin mitnehmen, wo kein Rothelm sie mehr erreichen konnte. Ich legte sie gerade hin, und so gut ich konnte, zog ich ihre schweren Zöpfe an ihrem Gesicht rechts und links herunter und legte sie über ihre Brust, ihr zerrissenes Gewand glättete ich bis zu ihren Füßen. Ich zog mein Schwert heraus und faltete ihre Hände über dem Griff. Ich hatte ja noch ein Messer, eine andere Waffe würde ich jetzt nicht mehr brauchen. Ich gab es ihr nicht mit, weil es ein Schwert war – sie war nicht ihre Mutter –, sondern als ein Abschiedsgeschenk von mir. Hätte ich meine Harfe gehabt, würde ich ihr diese gegeben haben. Neben uns fiel ein Stück Holz in einem Feuerregen herunter, und eine Seite des Wagens sackte ein wenig zusammen.

Ich schob mich zwischen den Rädern ans andere Ende durch, an die Seite, die von der Schlacht dieses Tages wegführte, und überließ Nessan den Flammen.

Es ist alles vorüber. Und ich kann es kaum fassen, Mutter.

Wir sind in das alte Übergangslager zurückgekehrt; ich denke, daß wir hier ein oder zwei Tage bleiben, bis wir unsere Toten begraben haben. Wir haben erstaunlich wenige zu beklagen. Außerdem müssen wir die Verwundeten herausholen und uns um alle kümmern, was nach einer Schlacht getan werden muß.

Paulinus hatte die Schlachttruppen am Eingang des Tales in drei Reihen hintereinander aufgestellt. Die Kavallerie und die Hilfstruppen befanden sich an den Seitenflügeln. Gleich beim ersten Angriff gab es viele Opfer bei den Wagenkämpfern, aber es gelang ihnen trotzdem, die erste Reihe zu durchbrechen und in die zweite ein paar Lücken zu schlagen, bevor die dritte sie zurückwarf. Beim zweiten Angriff hatten unsere Männer den Befehl, bis zum letzten auszuharren und sich dann ins Zentrum der feindlichen Linie zu werfen. Sie führten die Anordnung hervorragend aus und rissen ein großes Loch in die Mitte. Dann bildeten wir einen Keil und stürmten direkt in die heranwogende Menge der britannischen Krieger; darauf wurden sie seitlich von der Kavallerie und den Hilfsmannschaften eingeschlossen. Eine Zeitlang kämpften wir heftig. Schließlich konnten wir sie zur Flucht drängen. Aber sie konnten gar nicht fliehen, sie hatten ihre Wagen genau an ihrer Rückzugslinie aufgestellt. Jupiter! Sie müssen ganz siegessicher gewesen sein!

An ihrer eigenen Wagenbarrikade haben wir sie niedergemacht.

Unsere Truppen plünderten fast die ganze Nacht hindurch. Alles, was sich bewegte, töteten sie; Mann, Frau, Kind, Schlachtpferd, ja selbst die Zugochsen, alles übrige steckten sie in Brand. Paulinus gestattet das sonst nicht, habe ich mir sagen lassen. Aber da machte er keinen Versuch, sie aufzuhalten.

Boadicea scheint entkommen zu sein; aber sie kann nichts mehr tun, sie bedeutet keine Gefahr mehr für die Provinz. Wir hatten einen großartigen Sieg. Man hört immer mehr Stimmen, die sagen, wir hätten über achtzigtausend Britannier getötet und selber nur vierhundert Mann verloren. Aber das glaube ich nur mit Vorbehalt. Ich bezweifle sehr, ob überhaupt achtzigtausend Kämpfer in dem ganzen Heer waren. Wir haben genug Gefangene gemacht, mit denen wir diesen Winter den Sklavenmarkt überschwemmen können. Und natürlich müssen eine ganze Menge trotz der Wagenreihe entkommen sein.

Jetzt scheint einem alles etwas fade. Aber wir bekommen später sicher genug zu tun. Paulinus hat auf dem Rachealtar ein Opfer gebracht, die strengeren Opfer hatte er schon nach der Schlacht verrichtet. Er will alles daransetzen, daß so etwas nicht noch einmal geschieht, und wenn er die restlichen Icener und etwa sechs andere Stämme ausmerzen und die halbe Provinz in Brand stecken muß, um es zu erreichen.

Sollte ich jemals Statthalter von Britannien werden, hoffe ich nur, daß ich nie etwas Ähnliches zu tun bekomme.

Liebe Mutter, ich habe mein Versprechen, Dir zu schreiben, so gut es geht, gehalten. Aber jetzt habe ich plötzlich beschlossen, diesen Brief nicht abzuschicken. Es steht manches darin, was nicht schriftlich festgehalten werden sollte, falls er in falsche Hände gerät. Auch schrieb ich manches, was dich besorgen und traurig machen wird, und er ist schmutzig. Ich hatte ihn die ganze Zeit in meiner Satteltasche, und es klebt Blut daran. Ich werde Dir einen schönen, sauberen Brief ohne Blutflecken schicken, wenn ich mehr Zeit habe. Vielleicht warte ich auch, bis ich frei bekomme und Dir alles selber erzählen kann.

Vor dem Zelt des Statthalters brennt ein prächtiges Feuer. Silvanus, auch einer der Tribunen, der eigentlich ein ziemlich feiner junger Mann ist, versucht darin einen Hasen zu braten, den er auf eine Speerspitze gespießt hat.. Ich werfe dies hier in die heißeste Glut und schaue zu, wie der Papyrus zerfällt.

Dein Dich liebender, müder, schmutziger
und hungriger Sohn

Gneus Julius Agricola

«Laß uns beide schlafen»

Einmal blickte ich noch zurück und sah die züngelnden Flammen der brennenden Wagen. Die Pferdeschwanzwimpel des Königswagens waren jetzt zu Feuerschweifen geworden. An einer Seite hing eine Frau kopfüber zwischen den brennenden Fetzen des Roßleders. Meine Ohren schwirrten von den Geräuschen, die die Plünderer und Räuber machten. Irgendwo heulte wieder ein Wolf. Ich lief geduckt zu einem Weißdorngebüsch und warf mich der Länge nach in seinem Schutz nieder, bis ich wieder zu Atem gekommen war. Im Dunkeln bewegten sich Schatten, rannten Leute, stürzten, krochen auf Händen und Knien. Ich schloß mich ihnen an und wir eilten in den dunklen Schutz des Waldes.

Ein Stück nach der Wagenreihe kam ich an dem kleinen Hügel vorbei, auf dem die Weißdornbüsche wuchsen; ich überließ ihn seinen toten Priestern. Meine Harfe, die an einem Weißdornast hing, holte ich nicht. Es würde keinen Harfengesang mehr geben.

Aber ich dachte schon daran, daß ich noch der Harfner der Königin war; denn am Waldrand, im Schutz einer zerklüfteten Erdmulde unter den Wurzeln eines Baumes, der einmal während eines Sturmes umgeblasen worden war, stieß ich auf eine kleine Gruppe Männer. Einer packte mich an den Haaren, und ehe ich mich's versah, hielt er seine kalte Messerklinge an meine Kehle. Doch ein anderer packte ihn am Arm und schalt ihn einen Dummkopf, der einen Rothelm nicht von seinen eigenen Leuten unterscheiden kann. Da ließ er mich los. Und ich erkannte an ihrer Sprache, daß ich bei meinem eigenen Stamm war.

Es waren ihrer vier – schwarze Gestalten, die sich gegen das Nachtdunkel abhoben. Eine fünfte lag in ihrer Mitte, sie war in einen Mantel gehüllt. Eine Frauengestalt, dachte ich. Ihr Gesicht glich einem blassen Fleck, wie etwas, das unter der Oberfläche im trüben Wasser treibt. Als ich mich niederbeugte, erkannte ich die Wahrheit, bevor sie einer von ihnen aussprach: «Es ist die Königin.»

Ich legte meine Hand unter die Brustfalten ihres Gewands und dachte, dort den Tod zu fühlen, aber noch pulsierte in ihr das Leben.

«Wir fanden sie an der Nordseite», sagte ein anderer. «Sie lag auf ihrem zerstörten Wagen. Der Lenker ist wohl getötet worden, und die Pferde waren ausgerissen. Sie hatte die Zügel um ihren Leib gebunden, um ihre Hände für das Schwert frei zu haben. Man sieht nichts, außer einer kleinen Wunde hier in ihrem Haar.»

«Die Mutter der Fohlen hat die Augen der Rothelme abgewendet, und uns gelang es, sie am Ende der Wagenkolonne in Sicherheit zu bringen», fügte der dritte hinzu.

Und der vierte meinte nachdenklich: «Sie versprach uns den Sieg.»

In dem Gebüsch liefen ein paar Pferde umher, die auf irgendeine Weise entkommen waren. Obwohl die Rothelme jedes Lebewesen töteten, verfolgten sie doch niemanden. Vielleicht dachten sie, es seien so wenige entkommen, daß es sich nicht lohne. Es gelang uns, zwei der

Pferde einzufangen und die Königin auf eines zu heben. Sie lag schwer in meinen Armen wie ein gerade erst Verstorbener. Als ich sie hinaufschieben wollte, fühlte ich mich durch die Wunde unter meinen Rippen wie von schweren Seilen zurückgerissen. Zwei der Männer nahmen mir die Königin ab, hoben sie hoch und setzten sie aufs Pferd, ich kniete währenddessen hustend auf dem Boden.

Einer frug: «Wie schwer bist du verletzt? Kannst du mitkommen?»

Was das bedeutete, wußte ich. Wenn ich nicht mit ihnen gehen konnte, würden sie mich töten, um mir ein langsames Sterben zu ersparen und auch damit ich nicht den Römern in die Hände fiele; das war der Brauch in unserem Stamm. Aber noch hatte ich nicht mit dem Leben abgeschlossen. Jedenfalls nicht, solange Boudicca noch am Leben war und mich vielleicht brauchte. Ich schüttelte den Kopf, konnte wieder atmen: «Es ist nur eine Speerwunde unter den Rippen. Sie ist nicht tief. Ich kann wohl mit, wenn es mir gelingt, das Blut zu stillen.»

Die Königin fiel nach vorn über die Mähne des Pferdes, so banden sie ihre Hände unter seinem Hals zusammen, mit breiten Stoffstreifen, die sie aus ihrem Umhang gerissen hatten, damit sie nicht herunterfiele. Aus einem Fetzen von meinem Mantel machte ich mir einen festen Verband um die Mitte. Dann setzten wir uns mühsam in Bewegung. Wir irrten am Waldrand entlang, bis wir im ersten Morgengrauen eine Wildspur fanden, die nach Norden in die tiefen Wälder führte. So begann unser Heimweg mit der Königin.

Zwei von uns gingen immer neben dem Pferd, um sie

wieder zurechtzurücken, die anderen drei zogen mit dem zweiten Pferd hinterher. Meistens war ich einer von den beiden an ihrer Seite. Die anderen gestanden mir dieses Recht zu, als ich ihnen sagte, ich gehöre zu ihrem Hofstaat. Und wenn ich sie stützte, so war das gleichzeitig ein Mittel gegen meine eigene Schwäche, die alles um mich her verschwimmen ließ und meine Füße in weite Ferne zu rücken schien. Ein oder zweimal ritt ich eine Zeitlang auf dem anderen Pferd, aber es war ein Zugtier und zum Reiten nicht sehr geeignet. Wir versuchten, es möglichst zu schonen, falls wir es noch anderweitig benötigen würden.

In der Nähe der trinovantischen Grenze kamen wir zu einem verlassenen Bauernhof und töteten ein halb verhungertes Schwein. Wir machten ein kleines Feuer; wir wollten keine großen Rauchschwaden verursachen, denn man wußte ja nicht, wer oder was plötzlich auftauchen könnte. Wir schmausten das versengte Fleisch, ja, es gelang uns sogar, der Königin etwas Blutsuppe einzuflößen. Offensichtlich konnte sie schlucken, ohne es selbst zu merken. Wir durchsuchten die kleinen torfgedeckten Gebäude und fanden noch andere nützliche Dinge. Darunter einen alten Mantel, ein Ersatz für den der Königin, der, obwohl er jetzt zerrissen war, einfach zu hellrot leuchtete. Für mich gab es neue Lumpen, mit denen ich meine Wunde verbinden konnte, aus der es immer noch rot heraussickerte. Wenn ich die Blutung stillen könnte, dachte ich in meinem vernebelten Kopf, würde mir das vielleicht so viel Kraft geben, daß ich durchhielte, bis wir die Königin sicher nach Hause geführt hatten. Doch der nützlichste Gegenstand, den wir dort fanden, war ein Bauernschlitten. Er war alt und klapprig, nichts weiter als ein flaches Weidengeflecht auf schwerfälligen Kufen. Wir häuften Farn darauf, spannten das Zugpferd notdürftig davor und betteten die Königin hinein. Danach war der Weg leichter zu bewältigen, wenn man davon absieht, daß der Schlitten im Schlamm steckenblieb und daß er einmal beinahe in einer Furt weggeschwemmt wurde.

Durch den glühenden Schleier, der mich umgab, nahm ich jetzt auch noch andere Leute wahr, die gingen und kamen. Das Land war voller Flüchtlinge. Nie waren es viele auf einmal, denn auf der Flucht, besonders in vertrauter Umgebung, sind wenige besser als eine große Gruppe. Ein paar schlossen sich uns aber auch an. Ich kannte keinen, und jetzt erinnere ich mich nicht an ihre Gesichter, und ich bezweifle, daß sie meines wiedererkennen würden. Wir waren Schatten, die zueinandergetrieben wurden, sonst nichts.

Wir hasteten weiter und ernährten uns von dem, was das Land bot. Aber alles war schon abgeerntet. Hin und wieder hielten wir ein paar Stunden Rast. Nicht weil es Nacht war oder Tag, sondern weil wir eine Stelle erreicht hatten, wo die erschöpften Pferde grasen konnten oder weil da eine Hütte war, in deren Schutz die Königin ein wenig Ruhe fand.

Manchmal, wenn meine Müdigkeit zuzunehmen schien und die Wunde mehr schmerzte, saß ich mit ihr zusammen in dem Schlitten. Er war groß genug, aber es war harte Arbeit für das Pferd und auch für die Männer an den Zugseilen. Wenn ich mitfuhr, konnte ich sie wenigstens gegen das Rütteln auf dem unebenen Weg schützen. Als ich einmal wieder neben ihr hockte und sie gegen mein Knie gedrückt hielt, fühlte ich, daß sie sich bewegte, und als ich sie anschaute, hatte sie die Augen geöffnet. Eigentlich waren ihre

Augen seit unserem Aufbruch offen gewesen, aber sie schienen wie Löcher in ihrem Gesicht. Jetzt schaute sie richtig, guckte mich an, wußte aber nicht, wo sie war oder warum sie getragen wurde. Das Walddunkel war aus ihrem Blick verschwunden, und sie war wieder die vertraute Boudicca von früher.

Noch einmal rührte sie sich, fühlte meinen Arm um sich und sagte: «Cadwan?»

«Ich bin hier», erwiderte ich.

«Erinnerst du dich, wie du mich in deinem Mantel nach Hause getragen hast, damals, als ich weggerannt bin, um meinem Vater nachzulaufen, der wegen der Viehräuber weggeritten war?»

Der Mann, der das Zugpferd führte, warf einen Blick über seine Schulter.

«Ich erinnere mich», antwortete ich.

Und ein Weilchen darauf frug sie: «Wo ist das Schwert meines Vaters?»

«Hier, neben dir.» Ich hob es hoch und legte den Griff in ihre Hand, aber sie ließ es wieder in den Farn fallen.

Sie schaute um sich, sah den Schlitten und die elenden Pferde und die Männer, die wie ihr leibhaftiger Geist nebenher trotteten. Sie fragte nicht nach der Schlacht. Das war überflüssig. «Die Kinder? Was … ist mit den Kindern?»

«Tot», erwiderte ich, «alle tot. Schlafe nun, meine Herrin.» Noch war sie der Schattengrenze zu nah, so konnte sie die Bedeutung meiner Worte nicht ganz erfassen.

Ich weiß nicht, ob sie wieder einschlief, aber sie schloß ihre Augen und sagte lange Zeit nichts mehr.

Wir umgingen die erkalteten Ruinen von Camulodunum und kamen schließlich an die Viehweiden entlang der

Grenze, von wo aus es in unser Land geht. Im Süden gab es fast keine Menschen mehr, immerhin konnten wir unsere Pferde, die am Ende ihrer Kräfte waren, gegen zwei struppige andere Gäule austauschen. Die meisten der Zurückgebliebenen hatten sich versteckt und das beste Vieh an einen sicheren Ort im Wald mitgenommen. Die wenigen, die wir noch antrafen, schienen wie betäubt und schauten uns finster und feindselig an, denn die Nachricht vom Ausgang der Schlacht war uns um Tage vorausgeeilt. Aber sie gaben uns zu essen, warmes Wasser und frische Lappen für die Wunden; nur nahm uns keiner auf, aus Angst vor den Römern.

Schließlich zerfiel der Schlitten, aber in der Zwischenzeit war Boudicca so kräftig geworden, daß sie wieder reiten konnte. Wir fanden für sie eine Stute mit ihrem Fohlen. Eine Frau, die in der Tür eines halbzerfallenen Gehöftes stand, hatte für sie eine Reitdecke, die wir dem Pferd auf den Rücken legten. Diese Frau war tapfer, sie half der Königin, das geronnene Blut aus ihren Haaren zu waschen, und ließ uns so lange an ihrem Herdfeuer sitzen, bis sie getrocknet waren. Dann ritten wir weiter, Boudicca in unserer Mitte. Ihr feuchtes, leuchtendes Haar fiel lose über ihre Schultern, unentwegt schaute sie geradeaus, dahin, wo sie bald sein würde.

Zuerst hatten wir daran gedacht, sie zu verstecken, aber davon wollte sie nichts hören. Sie würde in die königliche Festung zurückkehren.

«Das ist Wahnsinn!» sagte ich. «Bald werden überall die Rothelme auftauchen, und am ehesten kommen sie dorthin.»

Sie lächelte sanft wie ein törichtes Kind und sprach: «Ich werde nicht mehr dasein, wenn die Rothelme kommen.»

Und gestern endlich brachten wir sie kurz vor Sonnenuntergang auf dem Pfad, der nach oben führt, durch das leere Tor in die Festung.

Seit wir gen Süden gezogen, war noch ein Stück vom Dach eingefallen, und die Wildnis hatte sich noch mehr darin ausgebreitet. Über dem ganzen Ort hing Fuchsgeruch. Aber an der oberen der beiden Herdstellen brannte ein kleines Feuer; man hatte das Gefühl, Leute seien in der Nähe, und als wir vor der Schwelle von den müden Pferden abstiegen, kam Old Nurse durch den Eingang zu den Frauengemächern heraus; sie sah aus wie ein welkes Blatt, das der leiseste Windhauch davonwehen würde.

Boudicca ließ das Fohlen stehen, das sie gerade gestreichelt hatte, es drückte seine Nase unter den Bauch der Mutter und begann zu saugen, die Königin aber ging auf Old Nurse zu, die öffnete weit ihre Arme und drückte sie an sich.

«Ich bin heimgekommen», sagte Boudicca.

«O ja, du bist heimgekehrt. Schon vor vielen Sonnenuntergängen berichtete man uns alles, und ich wußte, du würdest kommen. Deshalb habe ich für dich ein Feuer gemacht und frische Decken auf dein Bett gelegt.»

«Hast du für die wenigen, die mit mir gekommen sind, etwas zu essen?»

«Gewiß», erwiderte die alte Frau, «aber ich bin nicht allein aus dem Versteck gekommen, andere werden sich um sie kümmern. Komm ans Feuer, ruh dich aus, und iß auch etwas.»

«Ich komme zum Feuer», sprach Boudicca, «denn mir ist kalt, so kalt. Aber ich bin nicht hierhergekommen, um zu speisen; ich möchte an dem Ort, wo ich geboren bin, den Schlaftrunk zu mir nehmen. Hast du die notwendigen Kräuter dafür? Geh nun, und bereite mir den Trunk, liebe Nurse.»

«Er ist schon bereit», sagte Old Nurse, «denn auch das habe ich gewußt.»

Sie ging dahin zurück, wo sie hergekommen. Die Königin ließ sich auf einem Haufen Fellen am Feuer nieder, hielt ihre Hände in die Wärme, denn mit dem Sonnenuntergang war ein schwacher Nebel aufgekommen, und zum ersten Mal spürte man die Kälte des bevorstehenden Herbstes. Ich hockte mich neben sie und legte meinen Arm um den nächsten großen Stützbalken, um nicht umzufallen. Denn jetzt, da die Reise zu Ende war, hatte ich das Gefühl, wenn ich erst einmal an meinem richtigen Platz, dem Harfnerplatz, zu ihren Füßen saß, würde ich nie mehr aufstehen, und doch war es mit meinem Körper noch nicht ganz zu Ende.

«Nun wirst du doch nie das große Lied für mich machen, das zu meinem großen Schwert paßt», begann Boudicca, «mein Lied von den Siegen einer Königin.»

Ich schüttelte den Kopf, rings um mich begann die ganze Halle zu verschwimmen: «Du hast das große Schwert, das kleine Lied wird's tun.»

«Ein kleines Lied und ein Schwert aus weißem Weidenholz», sagte sie und hob an zu singen, ganz sanft, als sänge sie es fürs Feuer:

Doch jetzt schwindet das Licht,
Und die Wildenten ziehen mit schwerem Flügelschlag
                                        nach Haus,
Und der Schlaf fällt wie Tau vom schweigenden Himmel.
«Schlaf jetzt», sagt mein Schwert.
«Laß uns schlafen, du und ich.»

Der grobgewebte Vorhang vor dem Eingang zu den Frauengemächern wurde beiseite gezogen, und Old Nurse kehrte zurück. Sie trug den wunderbaren Kelch aus römischem Glas, welcher Prasutagus' drittes Brautgeschenk gewesen war.

Er war halb gefüllt mit einer farblosen, leicht trüben Flüssigkeit. Die Königin erhob sich und faßte ihn mit beiden Händen. Einige Augenblicke stand sie da und starrte tief hinein, bis weit unter die getrockneten Schierlingsblätter, die an der Oberfläche schwammen. Da sah ich, wie das kleine Feuer die schlafende Flamme im Innersten des Gefäßes einfing und entzündete, so flammte er aus seinem düsteren Sommerendegrün zu einem Wunder an Gold und Feuerrot auf und leuchtete in allen Farben eines wilden Sonnenuntergangs.

Dann hob sie den Kelch und leerte ihn bis auf den letzten Tropfen und ließ ihn mit lautem Krach zu Boden fallen, wo er in tausend Stücke zerbrach.

Ganz still stand sie, als wollte sie auskosten, was sie getan hatte. Dann wandte sie sich an Old Nurse: «Geh nun. Und bringe die anderen Frauen, die bei dir sind, ins königliche Gemach.» An mich gewandt, sprach sie: «Denke nicht, daß ich geizig bin, weil ich alles getrunken habe. Old Nurse wird zu ihrem eigenen Volk zurückkehren. Und du? Du brauchst keinen Schlaftrunk. Glaubst du, ich wüßte nicht, wie sehr du in all diesen Tagen darum gekämpft hast, in deinem Körper zu bleiben, damit du bei mir sein kannst, solange ich dich brauche? Du mußt nur mit dem Kampf aufhören und loslassen.»

Dann legte sie ihre Hände an meine Wangen und küßte mich auf die Stirn; die war schweißnaß, dennoch fühlte ich, daß Boudiccas Lippen schon erkaltet waren. «Sonne und Mond mögen dich auf deinem Weg begleiten, Cadwan, mein Harfenspieler. Wenn du die Totenklage der Frauen hörst, weißt du, daß ich meinen Frieden mit der Allmutter geschlossen habe. Du weißt dann auch, daß die Rothelme mich nicht mehr erreichen können und daß ich nicht in Ketten abgeführt werde, wie Caratacus, damit der römische Triumph noch erhöht werde. So sei frei, und Müdigkeit und Schmerzen sind vorbei.»

Sie wandte sich um, nahm ihres Vaters Schwert noch einmal in die Arme und durchschritt, immer noch wie eine Königin, ihre zerfallene Festhalle. Im Eingang zum königlichen Gemach schwankte sie ein wenig, dann fing sie sich wieder und ging weiter, und hinter ihr fiel der grobgewebte Vorhang.

Ich nahm meine letzten Kräfte zusammen und schleppte mich hinaus in den Apfelgarten, wo ich so viele Lieder erdacht habe, die am Feuer gesungen wurden, aber ich werde keines mehr ersinnen. Und endlich legte ich mich ins hohe Gras neben das bißchen, was von dem halb hingestürzten Baum noch übrig war. Vom Weideland stieg der Nebel in Schleiern auf, und die kleinen weißen Mondfalter flatterten sternenbleich zwischen den Zweigen im Dämmerlicht.

Es ist lange her, daß ich Harfner bei der Königin war. Vielleicht ist es nicht so lange her, ich weiß es nicht. Vor einer Weile hörte ich die Frauen bei der Totenklage.

Nicht mehr.

Nichts mehr.

Nachwort der Autorin

Zum ersten Male stieß ich in den beiden Büchern *Witches* und *Gog-Magog* von T. C. Lethbridge auf die Theorie, daß es sich bei den Icenern um ein Matriarchat handle: Die Thronfolge, und damit die Lebenslinie des Stammes, übertrug sich von der Mutter auf die Tochter. Boudicca war also Königin aus eigenem Recht, und Prasutagus nur deshalb König, weil er ihr Ehegemahl war.

Das gab es öfter bei den Völkern der frühen Eisenzeit. Und wenn das für die Icener zutraf, dann mußte die Behandlung, welche die Römer der Königin zukommen ließen, in den Augen des Volkes etwas weitaus Schlimmeres sein als bloße Tyrannei, es war ein Frevel gegen das Leben an sich. Und das machte den Aufstand des Stammes zu einem Heiligen Krieg, der von allen Kriegen der grausamste und gnadenloseste ist.

Auf seltsame Weise schien Boudicca für mich dadurch eine viel realere Gestalt anzunehmen. Und die reale Person, die sich hinter ihrer Legende verbirgt, hat mich schon immer fasziniert.

Das Ergebnis liegt nun, viele Jahre, nachdem ich *Witches* zum ersten Mal las, mit *Song for a Dark Queen* (*Lied für eine dunkle Königin*) vor.

Von allen Büchern, die ich zu Rate zog, um den wahren Sachverhalt der Geschichte zu recherchieren, war mir Lewis Spences *Boadicea* am hilfreichsten, was die eigentliche Revolte und die Kriegsführung der Römer, durch welche sie niedergeschlagen wurde, anbelangt. Durch *Agricola und das römische Britannien* von A. R. Burn erfuhr ich, was ich schon vorher hätte wissen müssen: Gneus Julius Agricola, der fast zwanzig Jahre darauf zum mächtigsten Statthalter des römischen Britannien, den es je gegeben hatte, avancierte, war ein junger Tribun im Gefolge des Statthalters Suetonius Paulinus, ja sogar sein «Zeltgenosse».

Tatsächlich war er während des ganzen Feldzuges sein persönlicher Adjutant.

Noch etwas sei angefügt. Es gab keine Sichelmesser an den Rädern der britannischen Kampfwagen. Wenn man es recht bedenkt, würden sie im Schlachtgetümmel die Beine ihrer eigenen Leute genauso erfolgreich abgetrennt haben wie die ihrer Feinde.

Rosemary Sutcliffs große Artus-Trilogie

Aus dem Englischen von Thomas Meyer.

«Selten habe ich die Adaption eines großen, delikaten Stoffes für Kinder so gelungen gefunden.» *Hans Christian Kirsch / Die Zeit*

Merlin und Artus

Wie die Ritter von der Tafelrunde sich zusammenfinden.
294 Seiten, gebunden mit Schutzumschlag.

Rosemary Sutcliff erzählt von Artus' Geburt und Regentschaft, bei der ihm der Zauberer Merlin mit seinem Rat zur Seite steht, von der Gründung der Tafelrunde, von dem Schwert Excalibur und den gefährlichen Abenteuern der berühmtesten Tafelritter: Lancelot vom See, Gawain, Gareth und Percival.

Galahad

Wie die Ritter von der Tafelrunde den heiligen Gral zurückbringen.
167 Seiten, gebunden mit Schutzumschlag.

Galahad, der Sohn Lancelots, muß erst geheimnisvolle Fahrten und schwere Prüfungen bestehen, bis er das höchste Ziel erreicht: den Gralskelch an den Ort seiner endgültigen Bestimmung zu bringen.

Lancelot und Ginevra

Der Tod von König Artus und das Ende der Tafelrunde.
157 Seiten, gebunden mit Schutzumschlag.

Das Verhängnis, das die Bruderschaft der Tafelrunde spaltet, nimmt seinen Lauf. Die Prophezeiung Merlins erfüllt sich: Bei Camlann kommt es zur letzten Schlacht …

Auch als Kassette erhältlich!
Drei Bände, 630 Seiten, kartoniert.

Verlag Freies Geistesleben

Die berühmte keltische Liebessage –
meisterhaft neu erzählt

ROSEMARY SUTCLIFF

Tristan und Iseult

Aus dem Englischen von Bettine Braun.
Mit Illustrationen von Victor Ambrus.
134 Seiten, gebunden mit Schutzumschlag.

«Dies war aber das erste Mal, daß sie einander berührten, seit
die Prinzessin Tristans Wunden gepflegt hatte, und es war eine
andere Art der Berührung; und als er niederließ, fanden sich
ihre Hände, als wollten sie die Nähe nicht so rasch enden
lassen. Und wie sie da so Hand in Hand standen, blickten sie
einander an, und Tristan sah, daß die Augen der Prinzessin von
einem dunklen Blau waren wie das Gefieder der wilden Wald-
tauben; und sie sah, daß die seinen grau waren wie das unruhi-
ge Meer jenseits der Bucht. Und sie standen so nahe beieinander, daß jeder sein eigenes Spiegelbild in den Augen des anderen sah; und es war, als ginge in diesem Augenblick etwas von
Iseult in Tristan ein und etwas von Tristan in Iseult, das sie ihr
Leben lang nicht mehr verlieren würden.»

«Ein literarisches Meisterwerk, eine dramatische Liebesge-
schichte ... Wer hierin einmal angefangen hat zu lesen, der
kann nicht mehr aufhören.»
Arbeitsgemeinschaft Jugendliteratur Berlin

Verlag Freies Geistesleben

Eine der schönsten und bewegendsten
Geschichten der Menschheit

Der Recke im Tigerfell

Eine alte Geschichte aus Georgien, nach Rustaweli
in Prosa erzählt von Viktoria Ruika-Franz.
Mit Illustrationen von Norbert Pohl.
160 Seiten, gebunden.

Im Schatten alter Bäume lagert die Jagdgesellschaft des arabischen Königs. Da – ist es Traum, ist es Wirklichkeit? – sitzt am Wildbach ein junger Ritter, eingehüllt in ein seltsames Gewand aus Tigerfell. Nachtschwarz ist sein Roß, Perlen schimmern auf Geschirr und Sattelzeug, goldene Beschläge schmücken die armdicke Peitsche in seiner Hand. Welches Leid aber widerfuhr dem löwengleichen Jüngling, daß Tränen sein Gesicht netzen wie ein Regen aus Kristall? Der König versucht das Geheimnis des Fremden zu lüften, doch vergebens. Wie eine Erscheinung ist der Recke plötzlich wieder verschwunden.

«In einer poetischen Prosa, die in der modernen Literatur ihresgleichen findet, sind die Erlebnisse dieser Menschen aufgeschrieben, erzählt nach dem georgischen Nationalepos aus dem 12. Jahrhundert. Ohne Zweifel gehört es zu den schönsten und bewegendsten Geschichten der Menschheit.»

Arbeitsgemeinschaft Jugendliteratur und Medien in der GEW

Verlag Freies Geistesleben

*Der Stärkere in der Verantwortung gegenüber
dem Schwächeren – der Schwächere als
erzwungene Provokation des Stärkeren*

ELIZABETH E. WEIN
Der Winterprinz
*Aus dem Englischen von Barbara Brumm.
228 Seiten, gebunden mit Schutzumschlag.*

Medraut, Artus' ältester Sohn scheint durch seine Stärke, seinen Mut und seine Gewandtheit dazu prädestiniert, das Erbe
des Königs anzutreten. Aber der Makel seiner Geburt hindert
ihn daran. An seiner Statt wird Medrauts Halbbruder Lleu zum
Thronfolger bestimmt, der mit seinem Bruder nicht die ge-
ringste Ähnlichkeit hat. Er ist zart, feingliedrig, oft krank,
ängstlich und in den Waffen ungeübt. Selbst seine schöne
Zwillingsschwester Goewin wäre geeigneter, Britannien zu
regieren.
Kann es gutgehen, wenn Artus den enttäuschten älteren Sohn
zum Helfer und Lehrer des jüngeren bestimmt, der vor aller
Welt als Prinz von Britannien seinen Bruder in den Schatten
stellt?

«Psychologische Ausdeutungen sind nur selten so spannend
und so eindrucksvoll zu lesen wie Medrauts Aufzeichnungen
für seine böse Mutter Morgause.»
Stuttgarter Nachrichten

Verlag Freies Geistesleben

Lebendige Geschichte im Jugendbuch

INGE OTT

Verrat!

Feinde und Freunde um Wallenstein
280 Seiten, gebunden.

Den verschlungenen, sich trennenden und wieder kreuzenden Schicksalswegen um den mächtigen, unnahbaren Wallenstein spürt Inge Ott in ihrem neuen historischen Jugendbuch nach. Die Reise zu den Schauplätzen des Dreißigjährigen Krieges führt in die Paläste der Regenten, in die Welt derer, die Religion sagen und Macht meinen. Eine Welt des Prunkes und der Pracht, die jedoch ständig bedroht ist durch Mißgunst, Ehrgeiz und Intrigen der politischen und persönlichen Gegner, gefährdet durch Täuschung und Verrat.
Die Reise führt aber auch durch zerstörte, geplünderte, verarmte Dörfer, zeigt eindringlich die Mühsal und Not der ‹kleinen Leute›, läßt uns indes gerade hier Beispiele ehrlicher, uneigennütziger Freundschaft und Liebe erleben. Wie ein roter Faden, gleichsam als Requisit, zieht sich der Namensstein aus Wallensteins Schwertgehenk durch das dramatische Geschehen. Seitdem Jan von der Kate in jungen Jahren Wallenstein einmal half, trägt er den aufgehobenen Namensstein mit sich. Doch wann wird er ihn seinem Namensträger zurückgeben können?

Verlag Freies Geistesleben